樱桃好吃

戴逸如新民晚报今晚报
图文专栏精粹

上海交通大学出版社
SHANGHAI JIAO TONG UNIVERSITY PRESS

花開見佛
月明放光

二〇二〇

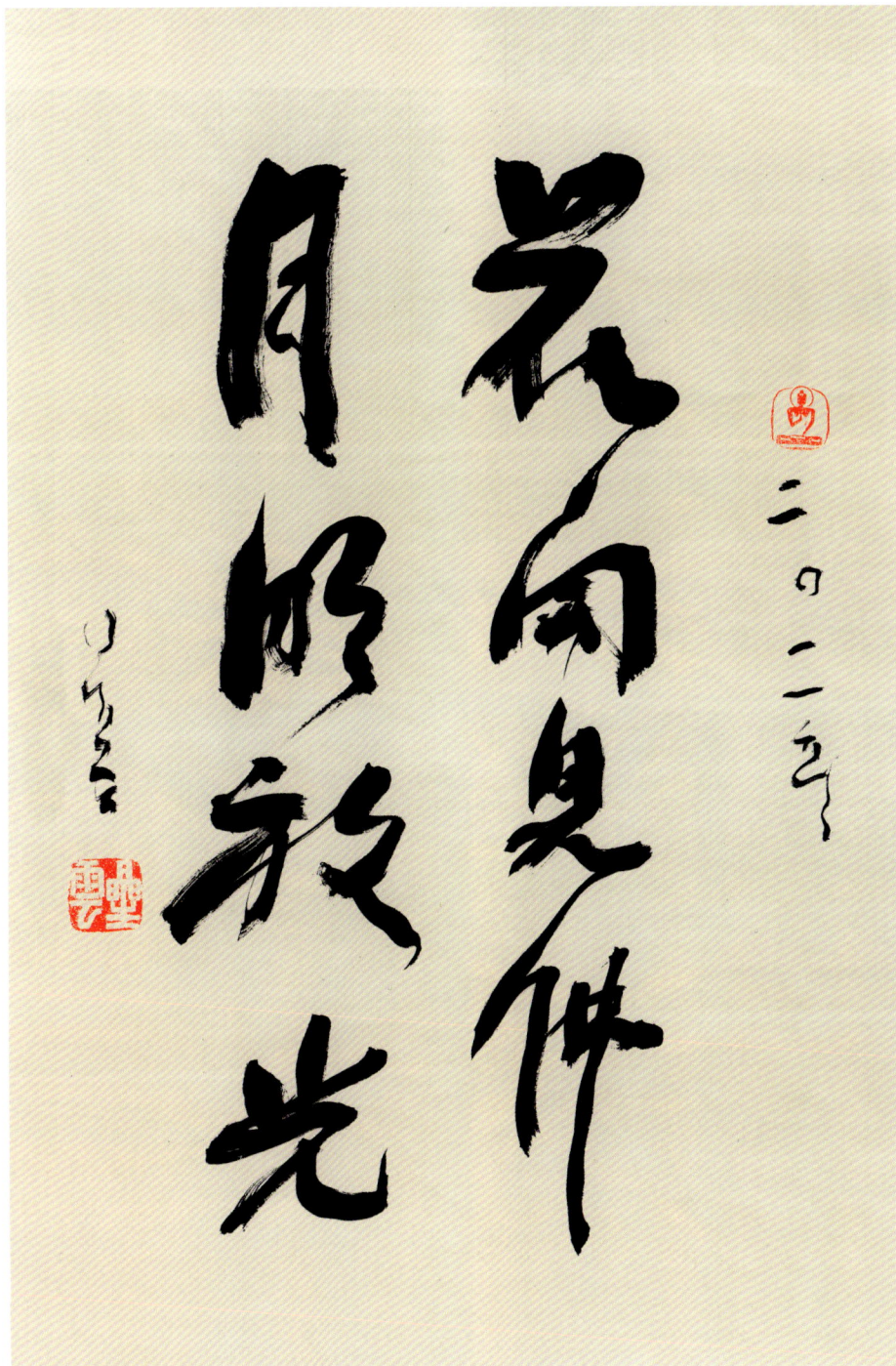

星云大师书联

序一

邵燕祥

那个有名的"牛博士"，是不是作者戴逸如的化身啊？

这随你自由猜想，可以回答说，也是，也不是。反正逸如先生的许多真知灼见、奇思异想，是经由牛博士的嘴说出来的，可你对照画中人，牛博士仿佛孙悟空，幻化为多种形象行走、翱翔于大千世界。作者与牛博士，与画中主角有分有合，而万变不离其宗，一而三，三而一，都从那一支生花笔毫端流出。

文也自由，图也自由！逸如先生真逸如，你真的好自由啊！

人人都赞图文并茂，是先有文，还是先有图？作者的思想情趣寓于形象，若非主题先行，怕是难分先后。这样提问，似乎是胶柱鼓瑟了。从读者这边说，反正爱读文的先读文，爱读图的先读图，在成书后，图文分置两页，必须左顾右盼；在《新民晚报》《今晚报》上，固有领地，一眼看去，确是照单全收。先看图，则文有点睛之妙；先读文，则图有渲染之功。

中国工笔，又兼写意，引进漫画人物，卡通元素，老传统的砧木上接嫁了新创造。同时，藉着牛博士活泼隽永的吐属，教我们领会了作者心胸的高远，腹笥的丰富，就是所谓思想含量、知识含量吧，用老话说，此中有经纶，有识见，更有爱憎，有臧否，常有未经人道之语，却都让读者于审美愉悦中得之。

逸如先生眼观六路，耳听八方，读人所常见书，又读人所不常见之书，然后得有从天上看人间的视角：如从贪官的摄影、高俅的踢球，说到德才之异路，评人的尺度，宏大叙事，又具体而微；再如从中国古琴和竹笛的千年不变，顶多外加雕绘彩饰，对照西洋乐器中的钢琴和长笛之逐步改进，思索"外插花"的行为定势，乃从琐细小处，上溯思想根源。全都发人深省。

书中有一篇《必须完美》，说的是日本京都西大寺古茶园，作为园林好处，其动人的气质和神韵，只有细雨迷蒙，水气氤氲才能完美呈现，因此只在特定天气下才开放入园游览。这一佚闻让我辈读者联想多多。我们习见了春秋佳日，像北京颐和园、故宫等景区，人山人海，几近庙会。遥想慈禧在"夏宫"时，即令六十大寿的热闹盛典，也没有这样的人气。倒许是庚子（1900）国变期间，八国联军在前，哄抢乱民随后，入园骚扰，才会有这样的步履杂沓，人声鼎沸吧？而紫禁城中，无论强君弱主，是上朝理政，还是御花园里消闲，想来都是肃然穆然，只有在谧静中才显出前朝与后宫的氛围。而今天的游人如织，则只能使人联想到李自成初入宫掖，或是冯玉祥率队逼宫的乱象。今天来北京的几乎所有旅游者，有几个能像在日本古茶园观光时那样享受名胜古迹的原汁原味呢？一则短文，一幅小画，给我们的启发是从审美的态度，历史的联想，以至旅游中各样难解的问题，可以说是全方位的了。

我曾为四川画家于化的花卉戏题打油诗云："有花无刺不精神，有刺无花伤了人。若问青春何处靓，真花真刺见情真。"

我想，将此诗移赠这一图文专栏合集，却也恰如其分。逸如先生，好吗？

序二

夏卫海

　　去年八月上海书展上戴老师签名的情景还历历在目，今年，他又有新书要在书展推出。我想起戴老师多次说过的话：

　　人生正是一趟旅行，确定目标之后，便要一步一步，稳稳扎扎地朝前走，怀着安宁祥和的心态，不急躁，也不要停。

　　看他书案上摊满的稿子，我想，他的话不是口头上说说的，他的确实践着他的话。

　　我想借戴老师新书这个平台，把星云大师给我写的对联拿出来与大家分享。戴老师听了连说几个好字，并说："独乐乐不如众乐乐，这是给人欢喜的好事嘛。"

　　说到这副对联，五年前的往事顿时浮到眼前。二零一零年春节，一个殊胜因缘，戴老师和我得以上佛光山拜见星云大师。大师派出知客到车站迎候我们。不料阴差阳错，知客在楼上站台等我们，我们却到了楼下门口恭候。等到会合，路上又逢堵车，一来二去，耽误了预定的会见时间。紧赶慢赶，赶到佛光山山脚下，却接到通知，因日程安排非常紧凑，大师已进入另一档会见，让我们先去用餐。知客说，佛光山的素斋很有特色很可口，不妨慢慢享用。唉，吃饭事小，见大师事大啊，这一耽搁不知今天还有没有机会见到大师？我们懊丧极了。

　　饭后我们正在休息，喜讯传来，大师调配出时间，与我们见面。会见安排在传灯楼的接待室。接待室小巧雅致。正面墙上是白色大理石，上面刻着大师手书的"佛""禅"两个金色大字。"佛"字下四行小字："我是？

你是？他是？谁是？""禅"字下四行小字："禅人？禅道？禅心？禅佛？"大有深意。大师在慈容、慧传法师陪同下与我们见面。以前我读过大师的一些著作，很折服于大师的大智慧。这次有幸面聆教诲，亲见大师慈祥的音容笑貌，真是如沐春风。台湾朋友都说大师一辈子改不了乡音，他的扬州官话不好懂。但对我们来说，听大师娓娓道来，却毫无阻隔，只觉得亲切。我和戴老师太熟，因为熟，加上戴老师平时话又不多，好多话题不会谈到。正是这次会见，也让我见识到了戴老师的广博与睿智。他的话也引起大师极大兴趣，几次说还从来没有人这样说过。戴老师提问也提得巧，大师回答也答得妙。所以我们的拜见聊得海阔天空，不时发出满堂欢喜的笑声。

时间飞快地过去，终于有工作人员来提醒大师，下一档会见的客人已等候多时。大师意犹未尽，笑着挥挥手说，"让他们再等十分钟"，结果又聊了近半小时。

我们给大师的礼物是一幅国画、一尊瓷瓶。大师仔仔细细地看了戴老师国画中睡在莲花中的婴儿，欢喜得眉开眼笑。

这次拜见的后续，是大师给戴老师写了"般若花开"条幅。本来我想请大师写的也是条幅，"花开见佛"。不料，又是阴差阳错，大师给我加上了"月明放光"四个字，条幅变成了对联。大家知道，星云大师视力很不好，他写对联非常难得，我真是三生有幸啊，能有如此大的福报！

今天我把对联拿出来与大家分享，愿本书的每一位读者不仅能花开见佛，还能如明月般焕发出光彩。

目 录

樱桃好吃

（●牛博士▲马妞）

戴逸如文并图

　　●我拟了段话，你看看，像不像你的腔调：

　　是，我有听过。我好像还记得一些旋律。这是首老歌呀："樱桃好吃树难栽，不下苦功花不开。幸福不会从天降，社会主义等不来。"嗨，是首古老的歌呀，古老得好像是上辈子的摇篮曲似的。

　　樱桃好吃 —— 好吃就吃呗，上淘宝呀，啦啦啦啦，门铃叮咚一响，快递把新鲜樱桃送到我嘴里来啦。难道不是吗？

　　奇怪耶，吃樱桃，这跟栽树有半毛钱的关系吗？樱桃长在树上还是长在地上？跟我有半毛钱关系吗？哪怕是生在云端长在月亮也无妨，好吃就行。

　　笑死人啦，为了吃颗樱桃让我去种树？拜托，还要"不下苦功花不开"？别，别跟我忆苦思甜！反正我是只管吃樱桃的啦，我又不会去买个农庄。种树？犯傻？难道我想坐飞机还得去造飞机？神经病！别杞人忧天啦。樱桃树总归会有人种的啦。蓝莓会有人种的，牛油果会有人种的，榴莲会有人种的 —— 没错没错，什么奇果异果都会有人种的 —— 没人种更好，进口更安全。啦啦啦啦，上淘宝，好吃的水果统统来，幸福的花儿遍地开！

　　▲想黑我？全部删除！立刻！马上！

樱桃好吃
戴逸如《新民晚报》《今晚报》图文专栏精粹
YING TAO HAO CHI
DAI YIRU XINMIN WANBAO JINWANBAO TUWEN ZHUANLAN JINGCUI

读出了滋味

（牛博士对马妞说）

戴逸如文并图

阅读这种事，搞硬性规定必然是瞎子点灯——白费蜡的。阅读正如饮食，尝到过美滋味的食客，你禁他也难。

唐代有一种颜色叫"退红"，陆游读到并咂出了滋味，饶有兴致地从各种集子里摘录出若干条写到退红的诗句。清人褚人获又从陆游笔记中品出了滋味，随即点出："盖退红若今之粉红。"顺手又作链接："绍兴末，缣帛有一等似皂而淡者，谓之不肯红。"

今人知知堂也是知味者哦，他从"不肯红"三字中得着了惊喜，说，如今唱歌的、演戏的、写书的、做学者的都拼命要红，"似皂而淡者，颜色一定好看吧，若是人，淡淡的，不肯红，怕更好看"。

此话说得好极。《坚瓠集》与《老学庵笔记》都不陌生，惭愧，我怎么就无睹于"退红"与"不肯红"呢？

倒是记得《老学庵笔记》中另有一则，写两种颜色合成的妇人鞋底，叫作"错到底"。"错到底"三个字是即刻激活了我本平静的脑海的，种种"错到底"的嘴脸纷纷泛上海面，且浮且沉，实在有趣得紧。当其时也，我击节而笑。

激也的叫是红叫不音
红此非幽默是境界
戴逸如

樱桃好吃
戴逸如《新民晚报》《今晚报》图文专栏精粹
13 YING TAO HAO CHI
DAI YIRU XINMIN WANBAO JINWANBAO TUWEN ZHUANLAN JINGCUI

三生石

（牛博士对马妞说）

戴逸如文并图

说来惭愧，从林清玄散文里，我才晓得三生石尚在人间，而且近在杭州灵隐。去了多少回灵隐，不光没见过，也没听人说过三生石呀。

是，张岱文章我读过，那多遥远呀。他引的苏东坡文，更遥远了。

唐光禄卿李憕遇难后，其子李源不仕、不娶、不食肉。惠林寺僧圆泽与他情深谊长……对，你说得没错，并非男女情事，而是古人相约三生，真情守信的一段轶事。

我上灵隐，挤到售票处问询。大叔斜抬下巴，用下巴指向一侧向来被我忽略的小岔道。只见通往灵隐宝刹的大路红尘滚滚，小岔道却冷冷清清，对比异常强烈。我且问且走，遇一豪华茶馆，进门打听。大妈佯聋不答。要了杯茶，大妈才幽幽一指。循指望去，呀，原来我已在三生石脚下！

茶顾不得喝了，我踩磴道，穿旷地，到了其貌不扬的传奇石前。耳边似闻牧童扣角而歌："三生石上旧精魂，赏月吟风不要论"……不要论，是，不要论——想论也无人可论呀。艳阳高照，春风和煦，我徘徊了约一小时，竟无半人光临。

嘿嘿，今人都涌去为眼前之利烧香了，谁还理会信守三生的蠢事？

櫻桃好吃
戴逸如《新民晚报》《今晚报》图文专栏精粹
YING TAO HAO CHI
DAI YIRU XINMIN WANBAO JINWANBAO TUWEN ZHUANLAN JINGCUI

夜莺

戴逸如 文并图

不好意思，让你见笑了。这曲子一曲终了，我总会不由自主去按回放键，一按再按。

是，是《夜莺》。初听，似曾相识，陌生又熟悉，那行云流水般的旋律和气韵，勾我魂、摄我魄、牵我肠、挂我肚……莫非曾聆听于前世？

希腊作曲家雅尼特意为到中国演出而谱写的该曲，东西色彩水乳交融。夜莺的意象在西方有三个源头，其中两个的凄婉与哀怨，与中国关于夜莺的传说异曲同工。第三个却活泼轻快，表现了爱情的甜蜜美与相思苦的纠结缠绵。雅尼的《夜莺》应该生发自第三个。他随性激情地挥洒音符，以浪漫层层烘染，创造出他婉啭悠扬、热情奔放、独具一格的夜莺。你听过改变自安徒生童话的交响诗《夜莺之歌》，是不是有很不一样的气氛？

那是上演在仲夏之夜原始森林里梦幻般的一幕呵。有一点点淡淡的忧伤、愁苦和焦虑，更多的是暖意融融、爱绪盈盈、喜气洋洋。听一莺嘹亮，众声唱和；听小天使飞翔，女神起舞；听独舞，听双人舞……唉，不作兴的，为什么要戛然而止呢？

樱桃好吃
戴逸如《新民晚报》《今晚报》图文专栏精粹
YING TAO HAO CHI
DAI YIRU XINMIN WANBAO JINWANBAO TUWEN ZHUANLAN JINGCUI

地气与天气

（牛博士对马妞说）

戴逸如文并图

要求芸芸众生接地气？不对吧，芸芸众生天天在大地上繁衍生息，哪天脱离过地气？骑在众生脖子上的昏官、歪才，才需要喝令他们踩到地面上来接接地气哩。

昏官自不必说，且看歪才，掌握了一点奇技淫巧，飘飘然浮到半空中去了，做些自鸣得意的颠倒梦想，红着眼，扇物风，点欲火……

把根子扎进黄土里来吧，实实在在地结些地瓜、花生，结些民生所需的庄稼、蔬果来吧。

光接地气还远远不够，你看，所有作物都懂得向上伸展枝叶，去吸收日月精华。你想，哪种果实离得开阳光雨露？这就是我要说的天气——崇高精神了。

都说人的一半是天使，一半是野兽。唯有上接天气，才能使人的天使之性壮大，兽性萎缩。把精神追求说成矫情的人，可悲。

可悲的实例拈来便是：因昏官和歪才的蛊惑，颇有些众生也沉湎于红尘中的滚来滚去、摇来摇去。摇什么？摇红包啊！这一滚一摇，既拗断了扎在土壤里的根，枝叶又不再向上向光，于是，心眼里只剩下日益膨胀的愚昧。于是，芸芸众生也有了接地气与天气的问题了。

樱桃好吃
戴逸如《新民晚报》《今晚报》图文专栏精粹
YING TAO HAO CHI
DAI YIRU XINMIN WANBAO JINWANBAO TUWEN ZHUANLAN JINGCUI

老三篇

（牛博士对马妞说）

戴逸如文并图

好事，能意识到要求中学生读《道德经》无疑是件好事。是，作为道家经典的《道德经》是颗坚果，理解不易。但如今，坚果养人不是已属常识了吗？

儒家经典《论语》是早就普及到家喻户晓的了，难道人人都懂？于丹是讲《论语》而红极一时的，她的"理解"不是也饱受诟病吗？

你问我为什么对那个中华文化读本露出蔑视神色？有蔑视吗？不，不满是有的。中华文化是世界文化中的重器，是一尊巨鼎。鼎，以三足而立。董仲舒"罢黜百家，独尊儒术"之所以不可取，是因为他想玩金鸡独立 —— 尽管他的儒也已不纯 ——一只脚能稳且长久吗？

许多中华文化读本都以儒家为主，兼及道家，但中华文化是儒道佛三种元素的"三合一"文化。佛家虽属外来，但早已本土化，两千多年下来，作为一种文化元素是融化在我们的血液和骨髓里了，无从剥离。只见其一，不见二三的人，根本不可能读懂中国。

所以我以为，《道德经》要读，《心经》也要读。《论语》、《道德经》和《心经》是理解中华文化的"老三篇"。

沈潜道德语此论是理解中华文化入三昧渥染 戴逸如

樱桃好吃
戴逸如《新民晚报》《今晚报》图文专栏精粹
YING TAO HAO CHI
DAI YIRU XINMIN WANBAO JINWANBAO TUWEN ZHUANLAN JINGCUI

舌尖与眼皮

（牛博士对马妞说）

戴逸如文并图

你问，为什么你一说到舌尖，我就现出似笑非笑、似嘲非嘲的眼神？有吗？我没在意。

下意识的流露？也许吧。"舌尖"一说之所以风行，是因为舐到了人们下意识里的痒处。林语堂说得很有趣："我们的身体中都有一种饕餮的精神"，"中国的科学家看见一条蛇，一只猢狲，一条鳄鱼或一个驼峰时，他始终只是想去尝尝它们的滋味。真正的科学好奇心，在中国不过是一种烹饪艺术的好奇心而已"。有位朋友自海外来。二十年前他刚去时，那边湖泊有好多天鹅游弋，宛如仙境。几年后，湖光依旧，天鹅绝迹。为什么？因为我们同胞去得多啦，天鹅哪里玩得过他们的舌尖？

电视美食节目天天红火，色诱香诱味诱，诱得几亿舌尖大动。然而，多少有意思的古今图书却从人们的眼皮底下滑过去了。为美食一掷千金豪情万丈，掏腰包买本小书却艰难困苦。人心早已被重舌尖、轻眼皮的风尚陶冶透彻。

我常常做着白日的梦想：有一天，国人兴趣大转移，从舌尖转移到眼皮上来了。

樱桃好吃
戴逸如《新民晚报》《今晚报》图文专栏精粹
YING TAO HAO CHI
DAI YIRU XINMIN WANBAO JINWANBAO TUWEN ZHUANLAN JINGCUI

惊人地相似

戴逸如文并图

　　是，这一款咖啡口味有点特殊。其风味来由，竟然与普洱茶惊人地相似。

　　你知道茶马古道，普洱茶曾经是由马帮运送出滇的。雨水淋，马汗浸，湿了干，干了湿，茶叶意想不到地发酵变味。恶心？你喜欢的普洱茶味恰恰由此产生。运输方式的进步，使得马帮式发酵不复存在。如今的普洱风味，是茶农用渥堆法加以模拟的。

　　十八世纪，印度咖啡豆由帆船运往欧洲。航行数月，咖啡豆饱吸温湿季风而悄然发酵，豆色由绿变黄，味道也变了。当蒸汽轮船取代帆船，航程大为缩短，季风发酵的条件消亡，风味不再。这令咖啡老吃客们非常失落。为挽救生意，咖啡商眼珠子骨碌碌一转：帆船淘汰，季风还在呀。于是，搭大棚、摊豆子、吸温湿，再装袋吸，再摊开吸……经多次反复，折腾七周，果然咖啡豆色味俱变，故风重现。

　　印度咖啡原本属于阿拉伯种植园咖啡，是季风让它拥有了骄人的特色。你现在喝的，正是印度季风咖啡，微辛，微咸，爽滑，有木本芳香。

　　一成于雨，一成于风，沐风栉雨，我浮想联翩。

櫻桃好吃

戴逸如《新民晚报》《今晚报》图文专栏精粹
YING TAO HAO CHI
DAI YIRU XINMIN WANBAO JINWANBAO TUWEN ZHUANLAN JINGCUI

入潇湘门

戴逸如文并图

陆游说："文字尘埃我自知，向来诸老误相期。挥毫当得江山助，为到潇湘岂有诗？"

牛博士说："词牌有《潇湘神》，戏曲有《潇湘夜曲》，琴曲有《潇湘风云》。所谓潇湘，早已不仅仅指潇水与湘江，而成为美的象征了。假如滞留潇湘门外，徘徊自恋，那是写不出像样的诗的，是画不出像样的画的，连做个像样的人都难。"

陸游曰天下塵坌擾我自如而於諸老深相期揮毫當得江山助不到蕭湘豈有詩

樱桃好吃
戴逸如《新民晚报》《今晚报》图文专栏精粹
YING TAO HAO CHI
DAI YIRU XINMIN WANBAO JINWANBAO TUWEN ZHUANLAN JINGCUI

灭戾灵

（▲马妞●牛博士）

戴逸如文并图

▲你倒给我评评理看，我不是好意吗？却被玛丽当成了驴肝肺！

●是，你挺冤。不过平心而论，她吃相凶巴巴，其实也不见得有多大恶意，更未必有多大的恶果。想化解，很容易。当今，很多人感叹社会上飘荡着一股戾气。乖张暴戾之气毒化着空气，腐蚀着心灵，其危害恐怕超过了人们的想象。暴戾之气不除，社会无宁日。

有，还真有灭绝戾气的药剂。在佛光山，我看到九重葛欢笑，百鸟唱喜，处处洋溢着祥和之气。悬挂的许多小旗帜上书写着"三好"：说好话，做好事，存好心。说话做事之前，先想一想，这样说、这样做对大众、对环境好不好，不好的一定不说不做，好的才说才做。我们的行为需要一个基点，即存好心，即保有一颗慈心、善心。

是，说说很容易，其实做起来也不难，就看你愿不愿意去做。我建议你今天就可以试着实行，并且去感染玛丽，感染越来越多的朋友，让祥和之气取代戾气，形成风尚。假如你发现我有违"三好"言行，欢迎你当头棒喝。

樱桃好吃
戴逸如《新民晚报》《今晚报》图文专栏精粹
YING TAO HAO CHI
DAI YIRU XINMIN WANBAO JINWANBAO TUWEN ZHUANLAN JINGCUI

我得活着

（马妞对牛博士说）

戴逸如文并图

你不会也笑我傻吧？都说这类故事是瞎掰，我却深信不疑：

一个没爹没娘的姑娘大学毕业后，做家教、练摊，日子过得平静而安宁。有个小伙子心动于她的清纯。两人相恋然后结婚，然后有了孩子……小日子过得朴素，和美又甜蜜。

为了买房，小伙子快乐地多打了一份工。岂料，小伙子死于车祸。伤心欲绝的姑娘默默挑起重担，悉心养育女儿，为的是让天上的丈夫安心。日子飞快，女儿九岁了，姑娘却被查出绝症。为了给女儿留一点生活费，她毅然决定中止治疗。女儿痛哭着说"你不治，我也不活了"，并且把这话付诸行动……抢救及时，女儿复活，姑娘却终于撒手人寰……周围的人日日夜夜地提心吊胆，唯恐小女孩轻生。但大大出乎人们意料，小女孩这次却很快走出了阴影。人们宽慰地笑了。

对人们的困惑，小女孩说："假如我死了，世界上就没人会惦记妈妈了。我得好好活着，在人间想妈妈。"

不许流！不许流！我命令自己，但我的泪水还是止不住地流下来，流下来。

小伙子找到这姑娘真幸福。小女孩有这样的妈妈真幸福。妈妈有这样的女儿真幸福。

我想，与小女孩相比，我真活得没心没肺了。

樱桃好吃
戴逸如《新民晚报》《今晚报》图文专栏精粹
YING TAO HAO CHI
DAI YIRU XINMIN WANBAO JINWANBAO TUWEN ZHUANLAN JINGCUI

牵来一头外国羊

（牛博士对马妞说）

戴逸如文并图

不了不了，我就不来凑这个热闹了。羊年说羊，非说不可？不是已经有太多的羊了吗？不嫌烦吗？那好吧，我就顺手牵头土耳其羊来遛遛。

牧羊人弄不懂，为什么这头羊会盯上一颗柞树，又啃又咬，不罢不休，直到柞树枯萎。这棵枯柞树不久就被砍柴人胡乱砍了，只留下一截尖锐的枝桠。

草木枯荣，季节更替，这个牧人赶着羊群又来到这片柞树林。那头山羊又想找那颗柞树，东寻西觅，左蹦右跳。结果，被尖锐的枝桠戳破了肚皮。当牧羊人发现时，这头山羊早没气了。牧羊人喃喃自语："唉，报应啊，柞树做了山羊对它做的同一件事。"

"柞树做了山羊对它做的同一件事"后来就成了土耳其的一句成语。如果要找出相对应的中国成语，大概是"自食其果"吧。

有阳光就会有投影。在"羊年说羊"的一团喜气中，说了大吉祥，说了喜洋洋，也该说说值得记取的教训呀。讲讲这件负面的羊事，好比吃多了油腻腻甜兮兮的菜品后，上一碟酸辣泡菜，或许可以爽爽口，醒醒脑吧。

樱桃好吃
戴逸如《新民晚报》《今晚报》图文专栏精粹
YING TAO HAO CHI
DAI YIRU XINMIN WANBAO JINWANBAO TUWEN ZHUANLAN JINGCUI

哦，巴巴爸爸

（▲马妞●牛博士）

戴逸如文并图

▲奇怪耶，你又不认识德鲁斯，居然伤感，弄得像真的一样！

●是，我不认识德鲁斯·泰勒，但我认识他的巴巴爸爸一家呀。你不是比我还熟悉吗？

▲那倒是真的，粉红的巴巴爸爸，黑美人巴巴妈妈，他们的孩子巴巴祖、巴巴拉拉……红、橙、黄、绿、黑、蓝、紫，七个肤色不同、个性不同的小贝比，超萌、超可爱的棉花糖一家子呀！嘎嘎嘎！

●三毛之父张乐平先生晚年说过："我死了，三毛也死了。"如今，德鲁斯去世了，德鲁斯以他的智慧和灵感创造出的巴巴爸爸的故事也到此终结了，再也不会有巴巴爸爸一家子多姿多彩的新鲜故事面世了，你难道真没有一点儿难过、一点儿遗憾？

▲人有生老病死，艺术形象当然也会有生有灭呀，这不是太正常了吗？别，千万别跟我说"不生不灭，不垢不净，不增不减"！

●我倒是想说：如果讲"生命诚可贵"，那么，艺术形象就属于珍稀生命，就更可贵了。你想想，地球上每天有多少婴儿在稀里哗啦地降生？而鲜活的艺术形象则要等多少年才能出生一个，成活一个？巴巴爸爸真的没了。这一想，我心疼。

串项链

（牛博士对马妞说）

戴逸如文并图

对你保密？怎么会。

先打个比方。你在河滩捡过卵石吧？很多人漫无目的地捡了一大堆，最终，除了留几颗养养水仙外，都当垃圾，扔了。是吗？哈，你也一样？

另一类如安尼，见别人捡到了"中"、"华"、"一"、"奇"四颗文字石，就发愿非要捡到"恭"、"禧"、"发"、"财"不可。这个目标锁定得也太小太特殊啦，那是自己为难自己了，这辈子恐怕无望。

我怎么捡？我捡第一颗，那是因为邂逅美丽，看着好看。是，好看的范围太大，有着很大的偶然性。捡第二第三颗的偶然性还是很大，无所谓标准，也就是好看而已。但捡第四颗，偶然的比重就会小很多。我会从前三颗身上找出一种关联，如体量、形状、色彩、花纹等等关联，进而把这种关联整理成一条线索。以后再捡，我会顺着这条线去寻找，不再盲目。这样捡的结果，初看起来也不过是一堆卵石而已，但用虚拟的线索串起来，便成了一挂有意思的"项链"了。卵石堆上升为专题收藏。这是一个无序变有序的过程。

当然，说说简单，实行起来并不简单。你可以试试。这一种方法，适用于很多很多方面。

打破常规

戴逸如 文并图

卓别林说："对于一个艺术家来说，如果能够打破常规，完全自由地进行创作，其成绩往往会是惊人的。"

牛博士说："是，说起来是很轻巧的，但，难不就难在打破常规吗？你看看古往今来多少倒霉蛋，拳击手套还没扎妥，已被常规夹扁了脑袋。"

樱桃好吃
戴逸如《新民晚报》《今晚报》图文专栏精粹
YING TAO HAO CHI
DAI YIRU XINMIN WANBAO JINWANBAO TUWEN ZHUANLAN JINGCUI

外插花

（牛博士对马妞说）

戴逸如 文并图

你高看我了，能听出陌生交响乐的演奏错误，我哪有这样的水平！我摇头，是因为看到那位长笛手入神吹奏，忽然想起你表弟新买的竹笛。那杆笛彩绘雕刻，悬挂金色流苏……好一身土豪气派。可是，剥除了无助于音色的"外插花"，不就是千百年丝毫不见长进的竹笛吗？而西洋长笛，从材质到机械结构，作了多少变革？乐器乐器，演奏音乐之器。撇下音乐不管，去搞那许多外插花干啥？

古琴与钢琴？是，你比较得太好。同样是绷几根弦的琴，一个是步步提升，登上了乐器之王的宝座，一个却原地踏步到如今。它们之间拉开的差距，更远过竹笛与长笛。

凡事都必须不离根本，紧抓主心骨，才会进步。譬如学习传统文化，很好嘛，总要分清精华糟粕，不断扬弃，成为进步的阶梯。唉，一味让孩子们穿上滑稽古装，模仿尴尬动作，摇头晃脑地背诵全不考虑内容年龄的诗文，连被鲁迅扒了画皮的《二十四孝》都原封不动拉出来……胡搞嘛！

莫非不顾根本、动辄搞外插花确是国民劣根性之一种？

让我欢喜让我忧

（马妞对牛博士说）

戴逸如文并图

李白、杜甫，星光多灿烂呀。偏有好事男要"人肉"一番，还真有斩获：李、杜生前并非一线明星，连二三线都轮不上，是被剔除在主流之外的。岁月是瓶除草剂，灭绝了茁壮繁茂的稗草之后，李、杜两株稻穗才渐渐露出小脸儿来。

鲁迅、《红楼梦》，太著名了。焦大，群众角色而已，因为鲁迅说他是贾府的屈原，说他"从主子骂起，直骂到别的一切奴才，说只有两个石狮子干净"，终于被塞了一嘴马粪，焦大这才暴得大名。好事男较起真来，觉得"只有两个石狮子干净"这般文绉绉的话不像出自粗人嘴巴。一查，果然不是。再盘查，原来是柳湘莲说的。而多少吃红饭的朋友以前也照搬不误，以讹传讹。嘿嘿，那么真用心读过《红楼梦》的究竟有几人？

《万山红遍》等等中国画名作，曾经红到发紫，今日更在拍场上一路凯歌。又有好事男出来对照史实了：作者们居然美酒佳肴吃喝着，笔歌墨舞于大饥荒"三年自然灾害"期间。那么，他们的歌颂对的什么景、写的什么生、创的什么作？

好事男呀，让我欢喜让我忧。

贵府只有一时石狮子更干净如柳湘莲尤是说 戴逸如

櫻桃好吃
戴逸如《新民晚报》《今晚报》图文专栏精粹
YING TAO HAO CHI
DAI YIRU XINMIN WANBAO JINWANBAO TUWEN ZHUANLAN JINGCUI

鬼故事

（▲马妞●牛博士）

戴逸如文并图

▲我才不信，上世纪六十年代，火红的年代嘛，胆敢出版鬼故事？蒙谁呢！

●你不明白的事情多着呢。要晓得，那时候国际形势波诡云谲，寒潮滚滚，编辑出版《不怕鬼的故事》，确实起到了鼓励人们树立不信邪、不怕鬼的大无畏精神的作用。我这里也有个纪晓岚讲的鬼故事，有点意思，想听不？

有个大胆书生，老想看看鬼长成啥样。一个雨霁月明之夜，他带小厮提着酒菜进了墓地，大呼小叫，邀鬼喝酒。居然真让他招来了十多个鬼。他洒酒在地，鬼纷纷弯腰去闻。美酒香得很，鬼请再赐。书生高兴，边洒边问："你们为何不抓紧投胎转生呢？"鬼叹气："我们或者期限未满，还需服刑，或者罪孽太重，不准投胎。"书生问："那你们为什么不忏悔以求解脱呢？"鬼答："承蒙你赐佳酿，敬奉一句话作为答谢吧：善恶终有报，忏悔要趁早。死了才想起忏悔，太晚啦！"

你看那些落马贪官，死到临头，痛哭流涕，追悔莫及。他们真该早些听听这类鬼故事啊。

樱桃好吃
戴逸如《新民晚报》《今晚报》图文专栏精粹
YING TAO HAO CHI
DAI YIRU XINMIN WANBAO JINWANBAO TUWEN ZHUANLAN JINGCUI

绵绵春雨

（牛博士对马妞说）

戴逸如文并图

又是春雨淅沥时节。

"小楼一夜听春雨，明朝巷头卖杏花"，这两句诗自然而然浮上脑海，简直像是这般光影，这般音效，这般气温，这般湿度下天然生长的结构部件，必不可缺的。尽管小楼、巷头早已变换成了高层、小区，尽管卖花女的吟唱早已冻结在了黑胶唱片里。犹带隔年黄的绿地上，所见只是一树树玉兰、樱花和迎春。

"小楼一夜听春雨，明朝巷头卖杏花"，确是炖出了味儿的大白话的典型。如同高手汲取无污染山泉水沏出的上好白茶，清淡、醇真，回味悠悠不尽。

这两句诗悄悄地流传，一代又一代，穿越过一个又一个时空。恐怕，只要有中国人存在，这两句诗是不枯不萎的了。

不由人不想到：多少强作的豪放，多少娇柔的婉约，多少富丽斑斓，多少香艳风流，多少盛气霸悍，多少摧心裂肺……不是都心不甘、情不愿，却终究从历史长镜头中淡出去了吗？五斤狠六斤的蛮力，浓油赤酱的调料，统统白费。倒是这丝毫惊不到人的、实诚的低声细语，不绝如缕了。

樱桃好吃
戴逸如《新民晚报》《今晚报》图文专栏精粹
YING TAO HAO CHI
DAI YIRU XINMIN WANBAO JINWANBAO TUWEN ZHUANLAN JINGCUI

不算人

（牛博士对马妞说）

戴逸如文并图

上海音乐厅如今有了个德国姓，叫"森海塞尔上海音乐厅"了——当然用不着大惊小怪，但我还是想问问：为什么我们的企业家想不到为艺术伸伸援手呢？不是富得称豪的朋友遍地都是了吗？给音乐厅冠冠名，花点小钱嘛，算个啥呢？

冠名事小，根子事大。其根子，是美育缺失，导致心中无美。对美育中的音乐，王国维说："虽有声无词之音乐，自有陶冶品性、使之高尚和平之力。"他认为，"美丽之心""唯可由美育得之"。

王国维是过于文绉绉了，那么，听听"一个没有时间给美的人"的故事吧：这是个"讲究实际的人"，他坚信没有经济效益就是没有价值。他对优美的游鱼毫无兴趣，只关心餐桌上的鱼是否可口，他只关心开连锁店，只关心资产净值……因此，到老他也没想通为什么他一生从没开心过。

这故事出自理查德·加纳罗《艺术：让人成为人》一书。请再读一遍书名。明白了吗？它的意思是说，与艺术绝缘的人，不仅不会有美丽的心，简直不能算是个人。

白瓷墩

（马妞对牛博士说）

戴逸如文并图

考考你的智商：

清代高睿功家闹鬼。人夜行厅前，总有身高一丈开外的白衣人从后面，用冰冷的手捂他的眼睛。把门封了另开，白衣人也改为白天现身了。

一天，睿功喝了酒坐在厅上，忽然看见白衣人倚柱站立，捻须，眯眼，望天。睿功悄悄挨近他身后，挥拳猛打。不料打在庭柱上，指伤出血，而白衣人已闪身台阶中了。睿功大吼一声，追击，却因为阴雨苔滑，跌倒在地。白衣人见了哈哈大笑，动手反击，但腰板僵硬，想改用脚踹，而脚长乏力。白衣人大怒，绕阶而走。睿功看到了他的弱点，上去抱住脚就掀。白衣人被掀翻在地，一下子没影了。

从白衣人最初现身之处掘地三尺，掘出白瓷坐墩一只，墩上睿功的指血还没凝结。砸碎瓷墩，妖怪从此绝迹。

你说砸得好？蠢啊，你比古人还蠢呀！砸墩不等于撕钱吗？你想，成精的瓷墩一定大有年份吧，正好可以拍个好价钱。怕？怕你个头！现代人无所畏惧，盗墓贪腐，什么不敢做，有钱拿就行！鬼故事？鬼故事不是更好吗？还可以弄个副产品，编编穿越剧。

櫻桃好吃
戴逸如《新民晚报》《今晚报》图文专栏精粹
YING TAO HAO CHI
DAI YIRU XINMIN WANBAO JINWANBAO TUWEN ZHUANLAN JINGCUI

省俭雅洁

戴逸如文并图

沈复说："起居饮食以及器皿房舍，宜省俭而雅洁。"

牛博士说："这，阁下就不懂了。且看看现如今的装修风气、饮食时尚，恰恰是反阁下之道而行之的呢：追求奢侈，务必豪华。否则多没面子啊。"

披夏日起居飲食以及器皿房舍宜有位置而雅潔

戴逸如

樱桃好吃
戴逸如《新民晚报》《今晚报》图文专栏精粹
YING TAO HAO CHI
DAI YIRU XINMIN WANBAO JINWANBAO TUWEN ZHUANLAN JINGCUI

茅草屋上鸢尾花

（▲马妞●牛博士）

戴逸如 文并图

▲停！你想说的我早知道：过杜甫草堂而不入，是怕假古董败坏了你的诗意印象。

●对呀，但这只是"第一章"。那就跳过，直接进入"第二章"：

你拍的照片里我看到一张法国茅屋，屋脊上还开着紫色鸢尾花。是，很漂亮，这就完了？你有没有想过与你下乡劳动见过的茅屋，与杜甫悲歌的茅屋，有什么两样？不是胡乱铺上去、很粗疏的样子哦。对呀，工艺考究着呐，很厚实，也很结实。如你所说，英国、南非也有茅草屋的。在荷兰贝亨市湖区公园艺术家村里，聚集了十七座各具风貌的茅草屋。你想，这种茅屋升级版还容易被秋风所破吗？

屋脊之所以种鸢尾花，不光考虑漂亮，还能防漏。在茅屋顶上种花的，欧亚大陆东西两端都有。如日本，除了种鸢尾花，还有种百合、萱草和韭菜的。你在浮世绘里也见到过吧？　住在这种茅屋里的居民，会像杜甫那样狼狈不堪吗？

茅屋原本带给你的联想仅仅是贫穷，而升级版的居民却都是富人。所以，有许多东西，只要不滞留在初级阶段徘徊不前，甚至抛弃它，是会有前途的。你看，茅屋也有今天。

收录机

（牛博士对马妞说）

戴逸如 文并图

是，故事蛮有趣的。讲述者的名字"胡适"，又给它罩上一圈光晕。所以，你把胡适的结论照单全收了："凡是自己说不出'为什么这样做'的事，都是没有意思的生活。"反之，则是有意思的生活。

你再想想这话对吗？那个投毒学生很清楚自己为什么这样做，许多贪官、毒贩、人渣对"为什么这样做"心里也都明明白白，那么，他们的生活都很有意思咯，能这样说吗？

还有，你和闺蜜对似是而非的《茶的禅意》津津乐道。且拈一句，就"茶本无好坏"吧，来掂量掂量：

清明前后，曙光熹微，云缭雾绕的高山茶园，村姑们喜滋滋开采。一枚枚沾露嫩芽随指尖轻舞，跳进竹篓。随后杀青、揉捻、干燥……工序道道用心。这茶，要不好也难呵。

画面切换到盛夏山脚茶地。过往车辆咆哮不绝，黄尘滚滚。大妈们吵吵嚷嚷，虎擒龙拿般揪下粗枝大叶，叶上，不是药渍就是汗斑……你能说这不是茶吗？

嘿嘿，茶无好坏，有意思。

所以，遇事要多想一想，不要拿自己的大脑不当脑使，而当了收录机。

樱桃好吃
戴逸如《新民晚报》《今晚报》图文专栏精粹
YING TAO HAO CHI
DAI YIRU XINMIN WANBAO JINWANBAO TUWEN ZHUANLAN JINGCUI

老龄化社会敬老二说

（牛博士对马妞说）

戴逸如文并图

域外古国新王登基，诏告臣民：交出老人，集中处决。违者斩。

骇人听闻？这却源自初民习俗呢。初民老了，见尾端毛黄，便逃窜上树。子孙们围着树跳舞唱歌："果子熟了……"直唱到嗦嗦发抖的老人掉下地来。子孙一哄而上，把他分吃了。

再说有个大臣，冒死藏匿了老爸，偷着赡养。不久敌国来犯，朝廷上下束手无策。幸亏其老爸暗中支招，才解了围。棘手难题接二连三，都因其老爸的智慧方得以化解。

国王生疑，刨根问底，找到答案。于是其老爸被光荣请出暗室，人人敬仰。

唉，你说得对，出现在社会新闻里的不文明老人、缺德老人、恶毒老人，像老鼠屎一样坏了香味粥，叫人怎么敬得起来？是，敬不敬，原不该以年龄来划分。

依我说，赡养老人，即使一些不像话的老人，子女也该尽心赡养，这原是天经地义的。至于有些老人给社会添堵添乱的陋习、恶习，则不该任其泛滥，必须管教。老不教，子之过。

作为老人，也应常常扪心自问：为什么有的人一把年纪活在狗身上，而有的人越老越受爱戴？

樱桃好吃
戴逸如《新民晚报》《今晚报》图文专栏精粹
YING TAO HAO CHI
DAI YIRU XINMIN WANBAO JINWANBAO TUWEN ZHUANLAN JINGCUI

蓄水

（牛博士对马妞说）

戴逸如文并图

瞧你急的，键盘敲烂也换不来好文章呀。

有道是："叙述情景，须得画意，为最上乘。"请看："到得门前看时，只见枯桩上缆着数只小渔船，疏篱外晒着一张破渔网。倚山傍水，约有十数间草房。吴用叫一声道：'二哥在家么？'只见一个人（混世魔王）从里面走出来……"

施耐庵腹笥厚，无关紧要处随随便便几笔闲文，不仅如画，竟是电影好镜头了。

光有好镜头是远不够的。《金陵十三钗》插进了不少好看镜头吧，弄出的还不是一件绫罗绸缎碎片的百衲衣？老谋子误把文化当暴发户的补丁了。

"文者，德之总名也"，"文，犹美也，善也"，想以文来化育人，自己先需文而化之。这个化，真是急不得的。你一口气买回楠木书橱、诸子百家，强化训练，你的文化修养就春潮汹涌了？以砸钱、运动来推文化，玄。你是烧过东坡肉的，"少著水，慢著火，火候足时它自美"，东坡肉尚且如此，文化的事更是如此了。

实实在在蓄水吧，等你肚里蓄了一湖天池水，流出的自是好山泉。

海象笑道即使肚里装个天池肚里像海泡旺海里海水取之不尽用之不竭無忌藏旧

读标语

（牛博士对马妞说）

戴逸如文并图

标语未必枯燥空洞，它同样透露着写作者的灵魂底色。

你看日本福岛地震一周年，一位反核人士刷在背上的标语："不要为了赚钱，舍弃生命和自然。"由多少惨绝人寰的悲痛提炼出的一个短句，居然不存一点火爆激烈，倒像慈母对浪子苦口婆心的规劝和叮咛了。它简直是尼采所说的，在认识的支配下，由大清醒的情感、强浓缩的词汇升华成的高级文化了。

你举的例子曾赫然刷在村前庄后。居然有本事把计生政策弄成这样，令人叹服："该扎不扎，房倒屋塌；该流不流，扒房牵牛"，恶霸气概跃然墙上；"喝药不夺瓶，上吊就给绳"，视生命如草芥的歹毒之气从字里行间喷薄而出……箴言说"邪恶人的话藏匿着残暴"，信哉。

也有些标语却是似有若无、万不可无的路灯，它并不计较过客的熟视无睹，淡淡地照拂着行脚，护佑着行脚，使行脚不致脚高脚低。古今中外皆有"路灯"照亮人心："诸恶莫作，诸善奉行"、"智慧人从善如流，愚妄人自招衰败"……

中西异同

戴逸如文并图

刘熙载曰："怪石以丑为美，丑到极处，便是美到极处。"

牛博士说："看来以丑为美的发明权不能归西方现代主义艺术家所有，我们的老祖宗早已发明了以丑为美法则，并应用到供石的欣赏上去了。不过，特别有意思的是，面对中国人赏石的癖好，老外却只会耸肩吐舌，无法理解。"

语言清洁剂

（▲马妞●牛博士）

戴逸如文并图

▲你问我对满口喷×的人怎么看？你能不知道？我对开口×闭口×的东西从来都翻以白眼。

●冯小刚一炮中×，是很大快人心的。事实上，对粗鄙语言有意见的人早就很多，但人微言轻，就像闹哄哄的大会场里台下开小会，没几个人听得见，更没几个人理会了。居然有些文化人，所谓"公知"，在讲台之上，满口喷×，以流氓习气为荣，以粗口花色品种繁多、喷×的高频率而洋洋自得。尤其叹为听止的是，时代不同了，男女都一样！

▲有些人老是把"宽容"叨在嘴上，这粗鄙也需要宽容吗？礼仪之邦的同胞们张口闻×、开卷见×，真叫人别提有多沮丧。

●语言粗鄙是精神粗鄙的外化。当精神与语言互为粗鄙化的因果，社会粗鄙便如同滚雪球一般，会越滚越大。我们需要语言清洁剂。

▲我本来很想当然，以为地球上某些地方的民风粗鄙，到那儿旅游才发现，我们的粗鄙化程度竟比那儿高出许多！你真无法想象，面对斯文有礼的他们，我的沮丧感强烈到了什么地步！

樱桃好吃
戴逸如《新民晚报》《今晚报》图文专栏精粹
YING TAO HAO CHI
DAI YIRU XINMIN WANBAO JINWANBAO TUWEN ZHUANLAN JINGCUI

文人画"牛六点"

（▲马妞●牛博士）

戴逸如文并图

▲这几篇谈文人画的文章，弯弯绕，绕得我七荤八素。

●别晕，且静了心去看，弯弯绕们绕别人也绕自己呢，自圆其说都难。

▲有人把文人画归结为逸笔草草，有人认为文人画已失去土壤而不复存在，你怎么看？

●一、只要人类存在一天，文人就不会灭绝。

二、时代不同，文人的呈示也不同，岂可划一？

三、有文人在，就会有文人作画，就必有文人画。

四、一个文人，像吟诗作文一样画画，用个性化手法表达独到思想、抒发独特感情，就是文人画了。

五、凡符合第四点的，不管是逸笔草草还是精耕细作，都是文人画。文人不等于士大夫，文人画从来不是士大夫的专利。绣花草包，故弄玄虚，粗疏几笔，单调浅陋，可称莽夫画。

六、人是文人，甚至贵为大文人，但如果他的画只是描红式的，踩着别人的脚迹走，画些梅兰竹菊、残山剩水之类，也算不得文人画的，不必高看。如同练"八段锦"，他是锻炼身体呢。

我的六点意见，能让你满意吗？

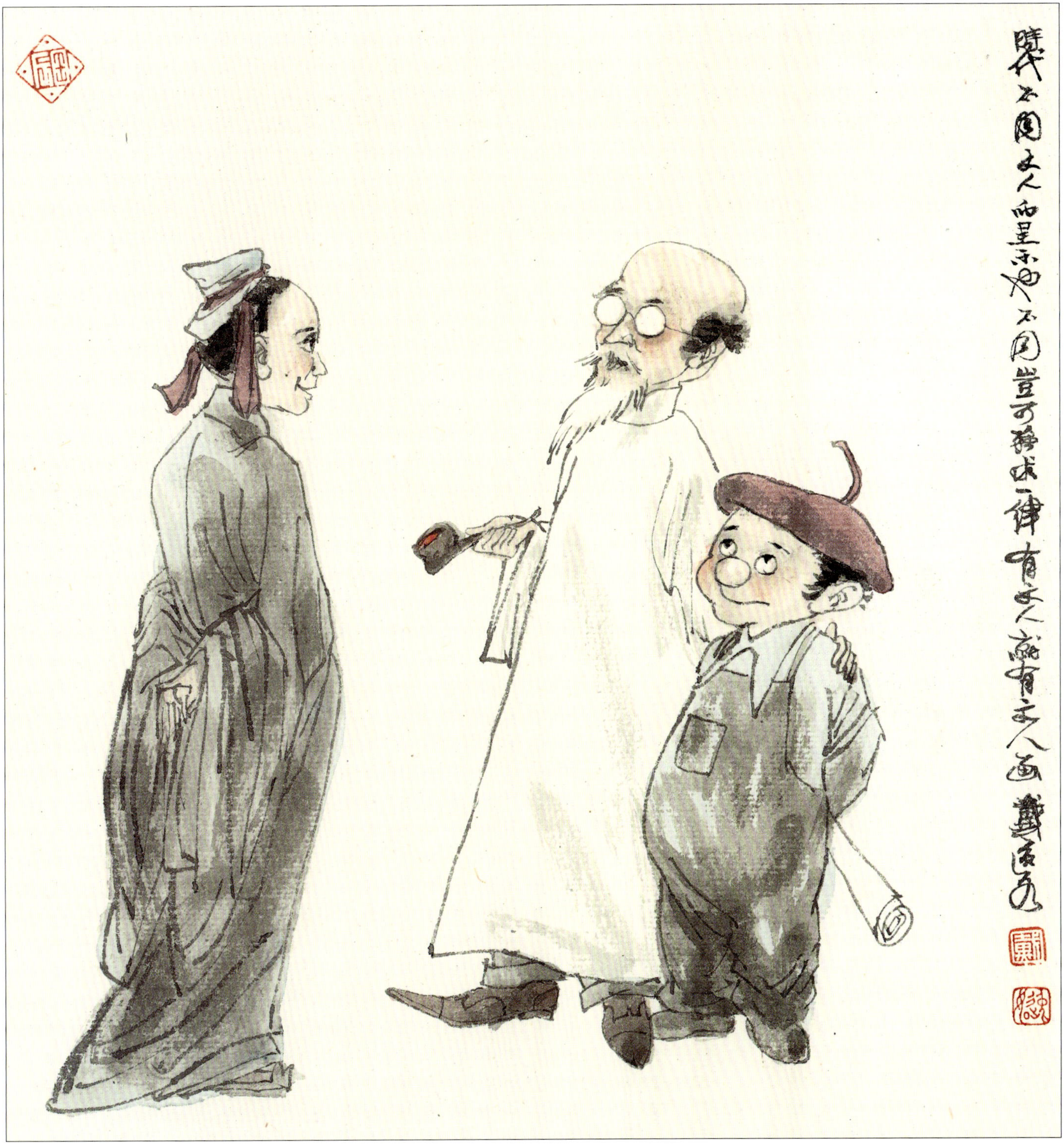
時代不同文人面貌亦不同豈可強求一律有文人就有文人畫
戴逸如

架上眼镜再睁眼

（▲马妞●牛博士）

戴逸如文并图

　　▲听着民乐，用着青花瓷咖啡具，翻着中国画册，很爱国嘛！

　　●此话说得奇怪，好像不这样就不爱国似的。恐怕要煞你风景：这民乐作了西式处理，这青花瓷并非国产，而这中国画册嘛，我是边看边叹气。看看画前的文字，我替他们脸红。动不动拼爹、拼爹的爹。碰到祖上不画画，必来个"师承某某"。再不济，也要"得某某笔意"。全不讲个性，以亦步亦趋为荣。"师法造化"也是古训吧，你师法了吗？你很委屈，说上星期还去山里写生了呢。怎么我瞅着眼熟，像你老师的习作呢？当然，这不怪你，老师就这么教的。老师严格按传统的金科玉律传授，要求你从临摹入手。

　　对于从临摹入手，我好有一比：在你睁眼看世界之前，先给你架上一副眼镜。其结果是：你的眼睛只会透过别人的眼镜看世界，你的手只会由别人把着比划了。所以，翻翻这些中国画册，一幅幅都似曾相识。右边书橱，你随便抽本外国画册出来，瞧瞧，一幅幅都是创作。从临摹入手，是深藏在中国画传统中的病灶之一。

樱桃好吃
戴逸如《新民晚报》《今晚报》图文专栏精粹
YING TAO HAO CHI
DAI YIRU XINMIN WANBAO JINWANBAO TUWEN ZHUANLAN JINGCUI

术士符印

（牛博士对马妞说）

戴逸如 文并图

话说有个学茅山法术的人，受雇去祛除狐狸精。狐狸精得到消息，急忙找门路托人求情，愿出十倍于佣金的银子作酬谢。此人纳银收手。瞅着面前白花花的银子，他想，既然狐狸精很有钱，何不利用法术去敲敲它呢？他随即召来四境的狐狸精，以雷斧火狱来威吓它们，迫使它们献金。一次次得手，弄得他贪婪心日益膨胀。被敲诈的狐狸精们终于忍无可忍，合伙盗走了他的符印，使得他发了颠狂，自行投河而死。

纪晓岚说，这种人持符印、役鬼神、驱妖魅，其权力与官吏的权力相似。此人以权谋私，即使不死在狐狸精手里，神明也不会放过他。

拿着权柄胡作非为的歹人，这里就不去说他了。还有一些昏庸之徒，因种种原因权力在握，虽没有作恶的主观，但挥霍权力，浪掷财富，献演着一集又一集的雷人肥皂剧，使骗子如鱼得水，喜上眉梢，令有识之士急煞挖煞，摇头叹气。假如这些权力能得到合理应用，真不知道能长出多少嘉禾、结出多少佳果来呐。

以夜谋私的人
即使不是狐
狸精，心手里神明也
不会放过他

戴逸如

将身钻在巽宫位下

（牛博士对马妞说）

戴逸如文并图

你老妈嗔道："就你懂，别人都不懂！"那是小孩子怄气话了。细思量，为什么你老爹老妈说不出，你说不出，我也说不出，就你舅一语中的？他独具只眼呢。

好有一比：妖怪眉如翠羽，肌似羊脂，脸衬桃花瓣，鬓堆金凤丝。八戒、沙僧看不透倒也罢了，居然连唐三藏都人妖不辨，唯独让孙猴头给识破了。为什么？因为孙猴头有火眼金睛呀。火眼金睛的炼成太不容易，换了张猴头、李猴头，早被太上老君兜率宫八卦炉的文武火给烧成了灰烬。这孙猴头却聪明，"将身钻在巽宫位下。巽乃风也，有风则无火。只是搅得烟来，把一双眼焰红了"，成就了火眼金睛。

你舅不易呵，多少人在"上山下乡""广阔天地"的蹉跎中浑噩了，你舅却生心，"将身钻在巽宫位下"，借得社会、经典两股风烟，熏陶其眼，焰红其睛，这才有了火眼金睛，且笑看欲火燎得社会铜锅热，且冷看一条条好汉争先恐后蹦上锅台去划醉拳秀辣舞……

将身躲在熙宫位下借得安舍经典佛殿风味翁已一双火眼金睛出来

樱桃好吃
戴逸如《新民晚报》《今晚报》图文专栏精粹
YING TAO HAO CHI
DAI YIRU XINMIN WANBAO JINWANBAO TUWEN ZHUANLAN JINGCUI

想给林语堂打电话

（牛博士对马妞说）

戴逸如文并图

那文章我一路读下来，忽而开颜，忽而鄙夷，只觉得句句落在心田。一口气读毕，伸手就去拎电话……忽然醒悟：我读的是旧书，不是新闻报啊。难道这是写在七八十年前的旧文吗？不像不像。那一句句活脱脱就像是在评议当下的时事呢。

你看，"我国人得脸的方法很多。在不许吐痰之车上吐痰，在'勿走草地'之草地上走走……"；你看，某人一定要享在满载硫磺的船上抽烟的荣耀，结果"保全其脸面却不能保全其焦烂之身"；你看，某长官行李超重硬要登机，于是飞机"不大肯平稳而上"，终于跌下，脸面有了，却失了一条腿……"中国人的脸不但可以洗，可以刮，并且可以丢，可以赏，可以争，可以留，有时候好像争脸是人生的第一要义。"唉，这种"不是有益社会的东西，简直可以不要……还是请贵人自动丢丢罢，以促进法治之实现，而跻国家于太平"。

敲键至此，我又下意识地伸手去拎电话……假如能有接通另一世界的电话，那么，对林语堂先生，我又能说些什么呢？

概

戴逸如 文并图

管子曰:"釜鼓满则人概之,人满则天概之,故先王不满也。"

牛博士说:"聪明的政府一定以政策为概,来缩小贫富差距。聪明的富翁一定以慈善等举措为概。因为他明白,如果他自己不刮,老天也会来刮他。"

常言曰釜敲满则人概之人满则天概之故生平不满也 戴逸如

樱桃好吃
戴逸如《新民晚报》《今晚报》图文专栏精粹
79 | YING TAO HAO CHI
DAI YIRU XINMIN WANBAO JINWANBAO TUWEN ZHUANLAN JINGCUI

哑光桂冠

（牛博士对马妞说）

戴逸如文并图

是，你说得一点不错。时尚像艳光四射的桂冠，戴到别人头上是恭维，安到自己头上是炫耀——如今的"炫耀"相当于"自豪"，一点不带贬义。

可是，你又惊讶，惊讶欧洲时尚版图接三连四的"地震"。奢侈品牌时装屋的掌门人如同倒翻多米诺骨牌似地淘旧换新，惯于高调张扬的创意设计人才，竟也明哲保身起来，"没人想做出头鸟，都噤若寒蝉，夹着尾巴做人"。时尚界头面人物的言辞可怜兮兮的，好不凄楚。

奇怪吗？不奇怪。那些曾温暖你幼小心灵的文坛才女，如今在哪里？那些曾争奇斗艳于媒体头版的娱星，如今在哪里？那些曾挖空心思的先锋艺术家，如今在哪里？……

俱往矣。为什么？因为选择了时尚，就得接受时尚的命运——一时之尚。所谓"你方唱罢我登场"，此一时彼一时耶。只是近阶段的时尚"地震"比较强烈集中罢了。

时尚人讲颠覆。"时尚"颠覆的对象是"隽永"。而"隽永"像哑光桂冠，谦和地镌刻在明白人心里，任人颠，覆不了。

餐具是谦和品哑光品捷罗
时尚颠覆品时像是镜子镂刻
任随品是心上品镶珠永藏

樱桃好吃
戴逸如《新民晚报》《今晚报》图文专栏精粹

YING TAO HAO CHI
DAI YIRU XINMIN WANBAO JINWANBAO TUWEN ZHUANLAN JINGCUI

牡丹不俗

（▲马妞●牛博士）

戴逸如文并图

▲太让我失望了，你，怎么会欣赏牡丹呢？牡丹，俗！

●俗？为什么？因为它有富贵花的别名？你不觉得可笑吗？它还有别名叫鼠姑呐，它就獐头鼠目了？望文生义，愚蠢。

▲小人之心，你才望文生义呢。你看招摇在画廊里的牡丹画，哪幅不是因循模仿的媚态俗骨？你再抬头看，高三四米、宽十几米的巨无霸牡丹壁画，唉，俗到了根呀……

●漫画把你画得龇牙咧嘴，你就是丑八怪了？那丑，不是应该属于漫画、属于画的人吗？与你丝毫不相干。你知道的，则天女皇冬游上苑，一时兴起，诏令百花齐放。众花屈从于淫威，反季烂漫，唯独牡丹不肯遵命。你看，这牡丹有没有点"安能摧眉折腰事权贵，使我不得开心颜"的李白式傲骨？武则天怒烧牡丹，并将它贬至洛阳。岂料，焦牡丹到了洛阳开得更美。你看，像不像谪仙人李白的诗，经霜后更见豪迈酣畅、洒脱超逸？李白脱俗，牡丹也脱俗。所以，四月牡丹花神不是别人，正是李白。你随俗波、逐俗流，以自己的俗眼，视牡丹为俗物，牡丹呀牡丹，岂不冤煞？

樱桃好吃
戴逸如《新民晚报》《今晚报》图文专栏精粹
YING TAO HAO CHI
DAI YIRU XINMIN WANBAO JINWANBAO TUWEN ZHUANLAN JINGCUI

黄河源

（牛博士对马妞说）

戴逸如文并图

很好嘛，一年临下来，你这一手黄（山谷）字蛮有点腔调了。接下来，你要多读读他的文章了，直探"黄河之源"，弄懂他的字是从什么样的学养、心境中流出来的。

别人挑剔纸笔的"指点"，你尽可一笑置之。黄山谷于纸是从来"不择粗细"——不讲究的。笔也是有啥用啥。

山谷谪居宜州，栖身于极狭隘的城楼上。还遭恶吏驱赶，又搬到更恶劣的居所，他自嘲为"喧寂斋"："上雨旁风，无有盖障，市声喧愦，人以为不堪其忧。"他呢？他认为他本是农民出身，如果不中进士，岂不是一直住在乡野茅舍里吗？他泰然处之，照样胸怀天下，放眼全球。他书照读，字照写，梦照做。他有紫檀杆狼毫笔吗？当然没有。他在一件手卷的跋里写道："用三钱买鸡毛笔书。"

他曾说："老夫之书本无法也，但观世间万缘，如蚊蚋聚散，未尝一事横于胸中，故不择笔墨，遇纸则书，纸尽则已，亦不计较工拙与人之品藻讥弹。"被今人争来抢去的黄山谷法书，原来是这样诞生的。

樱桃好吃
戴逸如《新民晚报》《今晚报》图文专栏精粹
YING TAO HAO CHI
DAI YIRU XINMIN WANBAO JINWANBAO TUWEN ZHUANLAN JINGCUI

谴责鬼神

（牛博士对马妞说）

戴逸如文并图

孔子是不屑于讲怪力乱神的。袁枚偏不买账，针锋对麦芒，他把他的志怪小说径名为《子不语》。而后很长一段时间，孔粉与孔敌却被结成了统一战线，都不语子不语起来。

伟大的历史使命落到了马尔克斯身上。老马做梦也想不到，他会充当中国新志怪小说的拯救者。他的传入，竟成惊蛰。

志怪能等同于宣扬鬼神吗？当然不能。且看袁枚的《射天箭》：

十六龄童陶某，喜欢对着上空弯弓射箭，自称为"天箭"。有一天射完箭，他把弓扔得老远，大叫："我是太湖水神，到天庭上朝路过此地，被你这小子射伤了屁股，罪该万死啊！"全家人听了吓得跪地求饶。水神岂肯善罢甘休，十六龄童病了一天便呜呼哀哉了。

故事本可煞尾，袁枚却不收手，也不直白地作"异史氏曰"，而是援引陶兄的话，说："我弟弟固然顽劣，但以鬼神之灵，而不能避儿童之箭，也太不可理解了吧！"

潜台词是："无能之辈，只会残杀无辜儿童，什么东西！"这是谴责，是檄文了。

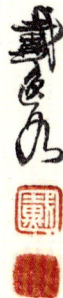

好谈创意

（牛博士对马妞说）

戴逸如文并图

座谈会上，话题转到创意，立即发言踊跃，海阔天空。而我认为最该讲一讲的一位朋友，却默然枯坐一隅。会后我问他，他浅笑道："这个嘛，这场合……岂是三言两语能讲清楚的？"我知道他研究创造学几十年，却不敢轻言创意，而有好几位的讲话头头是道，妙舌生花，但显然不知创造为何物，当然更不知隶属于创造的创意为何物。当谈论创意成为时尚，创意就变成了口头禅、野狐禅，变成夸夸其谈了。

我不禁想到王国桢的《好谈》：

"王州不善书，好谈书法，其言曰：'吾腕有鬼，吾眼有神。'……此说一倡，于是不善画者好谈画，不擅诗文者好谈诗文，极于禅玄，莫不皆然。"

所谓创意，窃以为，是电量充足闪光时的一朵异烁，是水库蓄满奔腾时的一道彩虹，是久经训练后体能的一次爆发。它可以说是殚精竭虑后的一个偶然，一个意外。而没有了"充足"、"蓄满"和"久经"，这个"偶然"、"意外"和"爆发"根本就无从谈起。

樱桃好吃
戴逸如《新民晚报》《今晚报》图文专栏精粹
YING TAO HAO CHI
DAI YIRU XINMIN WANBAO JINWANBAO TUWEN ZHUANLAN JINGCUI

文字无奈

（牛博士对马妞说）

戴逸如文并图

　　袁枚说："鸟啼花落，皆与神通。人不能悟，付之飘风。唯我诗人，众妙扶智。但见性情，不著文字。"

　　牛博士说："妙手偶得的诗、文，以及艺术品，乃至人类土著的一些作为，非鬼使神差不能解释。文字难尽其妙，唯真诗人心领神会。"

櫻桃好吃

戴逸如《新民晚报》《今晚报》图文专栏精粹

YING TAO HAO CHI

DAI YIRU XINMIN WANBAO JINWANBAO TUWEN ZHUANLAN JINGCUI

土豪

（牛博士对马妞说）

戴逸如文并图

　　眼下所有热词中，最妙的莫过于"土豪"了。土豪一词不仅贴肉、传神、蕴涵着深刻的幽默性，而且有着广泛而持久的实用性，因此飞速星火燎原。由"土豪金"领衔，"土豪食材"及服务于土豪的衣、住、行蜂拥着登上台面，精彩纷呈。

　　更妙且奥的是，首倡"土豪"一词的居然是"美国人"！该美国佬身份极为可疑，我相信，卸下美国妆，真嘴脸应该是土生土长的中国人，准确地说，华人。否则，他怎么可能从中国传统文化百宝箱里极娴熟、极精准地单拈出一个"土豪"来呢？且一镖中穴！不管是国字脸、目字脸，还是瓜子脸、汤圆脸，一旦粘连上"土豪"面膜，个个契合无间。

　　"土豪"的幽默性，还体现在它像歇后语般露一半藏一半。此话怎讲？本来"土豪"在习惯上是不单独使用的，它通常与另一词如连体姊妹般结伴而行：土豪劣绅。揭示出掖藏着的另一半，委实大煞风景呐，如今光鲜体面的土豪顷刻间被打回恶劣。我不知道很享受土豪称号或艳羡土豪的朋友，情何以堪？脸色会不会"绿肥红瘦"？

一個美國僑報熟姬報猜猜如以拳術據百宝箱里抽出一帆正氣一標中穴戴逸如作

皋鱼自我批评

（牛博士对马妞说）

戴逸如文并图

"树欲静而风不止"，这句话曾因毛泽东的引用而家喻户晓。语出《韩诗外传》。风刮个不停，树想静，能静得下来吗？其实这只是一个引子，引出"子欲养而亲不待"：做孩子的想到侍奉亲人了，亲人却已谢世……

讲这话的是皋鱼，是两千年前的一个知识分子。他晚年作自我批评，认为自己有三样过失：一是，少而好学，周游列国，却因此而没能为亲人养老送终；二是，虽然能以远大志向勉励自己，生活俭朴，不曾侍奉平庸的君主，结果还是一事无成；三是，与友谊深厚的朋友半途绝交了。他特别强调痛惜的是：时间一去不复返，亲人逝而不复生。

崇德向善从来不是大话、空话。皋鱼讲的三点，正是崇德向善的三个很具体的实例。你看：莫为读万卷书、行万里路而忘了侍奉亲人；固然要胸怀大志、严以律己，更要为社会有所奉献；良师益友难得，要珍惜亲情，也要珍惜友情。这些实例是砖是瓦。德之高楼善之大厦，正是由这些极普通的砖瓦砌成。

樱桃好吃
戴逸如《新民晚报》《今晚报》图文专栏精粹
YING TAO HAO CHI
DAI YIRU XINMIN WANBAO JINWANBAO TUWEN ZHUANLAN JINGCUI

香雾

（牛博士对马妞说）

戴逸如文并图

　　大雾。稍远处的水泥森林已淹没在乳白色的雾霾中，仿佛杨万里诗意再现："满城烟霭忽然合，隔水人家恰似无。"倘若将雾霾换作烟霭，眼前不正是极富诗情画意的美景吗？

　　古人的诗画里，雾是对景抒情的常用道具。还是杨万里的诗，秉笔直写《晓雾》："不知香雾湿人须，日照须端细有珠。"李贺出手诡谲，描绘了"现代感"十足的奇画："江中绿雾起凉波，天上叠巘红嵯峨。"黄遵宪吟于窗前灯下："雾重城如漆，寒深火不红。"寒夜，城里漆黑一片，灯火朦朦胧胧……

　　检出唱片《迷雾森林》播放，是想参照着听听阿尔卑斯山的雾。碟片名为《迷雾森林》，含十四首曲子，有《朝阳》，有《落日》，有《满天星》，有《蓝珊瑚》，更有《款款柔情》的《真爱》……那音符一尘不染，空灵缥缈，听得心境也清朗洁净。然而，雾呢？没有一首有雾呀？莫非瑞士人早已对雾存了恐惧之心？

　　今夜，是无所畏惧的财神粉丝的狂欢之夜。随着夜色渐降，已有零星的鞭炮噼啪声在热身……

樱桃好吃
戴逸如《新民晚报》《今晚报》图文专栏精粹
YING TAO HAO CHI
DAI YIRU XINMIN WANBAO JINWANBAO TUWEN ZHUANLAN JINGCUI

一枝春

（牛博士对马妞说）

戴逸如文并图

苏州香雪海固然壮观，关山月的红梅固然闹猛，赏梅行家之着眼，却不在于此呢，所谓"触目横斜千万朵，赏心只在两三枝"。而更高一等的里手，竟只在意一枝了。

有记载的最早咏梅人是南北朝的陆凯："折梅逢驿使，寄于陇头人。江南无所有，聊寄一枝春。"江南岂是贫乏地？拿得出手的，唯有一枝梅花了 —— 极言其上品。韦庄标举的同此："肠断东风各回首，一枝春雪冻梅花。"林逋的"疏影横斜水清浅，暗香浮动月黄昏"成了梅花的广告语。他吟的疏影，依然是一枝："湖水倒窥疏影动，屋檐斜入一枝低。"苏颂精绘工笔重彩："绿萼丹跗炫素光，东园先见一枝春。"对徐积而言，梅花胜过化妆品："有人赠我一枝花，满面春风与春色。"隋侯氏自恋："庭梅对我有怜意，先露枝头一点春。"周邦彦怜香惜玉："一剪梅花万样娇"……

古人钟爱一枝，直拿一枝春、一剪梅作了词调名。特供插一枝梅花的小口瓷瓶，因此而独立出来，繁衍成为一个族群，统称梅瓶。

樱桃好吃
戴逸如《新民晚报》《今晚报》图文专栏精粹
YING TAO HAO CHI
DAI YIRU XINMIN WANBAO JINWANBAO TUWEN ZHUANLAN JINGCUI

千步之遥

（▲马妞●牛博士）

戴逸如文并图

▲典型的画蛇添足！姜文拍的是《一步之遥》嘛，你添了一竖，变成十步之遥了。

●飞机临近北京，一低头，看到占地100亩的草坪大广告。媒体大惊小怪地献媚："太霸气！""太土豪！""太有创意了！"

因为姜文喜欢不寻常，他的宣传团队一直为此煞费苦心。当看到一则瑞士机场边的草地被做成瑞士军刀商标的资料后，他们大为兴奋，于是，《一步之遥》照此办理。注意，是照此办理。从广告设计角度看，你说有多少创意？瑞士军刀广告其实也是从麦田怪圈而来的，所以我说离人家"十步之遥"是不是还很客气？

为制作广告，他们找农户租地，农户以为碰到了疯子。电影发布会上，看了宣传视频的业内人士或赞之有创意，或感到太前卫难以接受……我呢，只剩悲哀。农户闭塞还情有可原，那一个个聪明人呀，脑洞里有一星半点创造的碎屑没有？这，就是不去研究"创造"，却总把"创意"当山歌一样叼在嘴上瞎唱唱的必然结果。

所以，加一竖还不够，还得加一撇：千步之遥！

不静心来从头当起创意这还是句空话且动笔勇敢上了还晚 寿谷氏

和田碧玉

（牛博士对马妞说）

戴逸如文并图

　　君子见玉如见德，于是温润，于是泽仁。土豪见玉如见钱，于是眼睛发红发绿，于是引来骗子如苍蝇扑腌肉。满怀期待的骗子创意迭出：以石充玉、山料充籽料、人工植皮、化学沁色……骗来骗去，勾心斗角，骗进骗出，皆大懊恼。

　　玉，是给人懊恼的吗？当然不是，是给人欢喜的。所以，你喜欢这块玉，欢喜就是了，何必东问西问、打听值几个铜钿？因骗子土豪兴风作浪，昨波峰，今浪谷，哪有定价！

　　你看你的碧玉牌上，一朵高浮雕牡丹，瓣瓣相叠，翻卷自如，雍容鲜活，好雕工。陪衬以浅浮雕枝叶，处理也很得体。

　　假内行的话你也听得？碧玉怎么就不上档次了？玉有黄白青碧赤紫黑多种，汉代以各色之玉代表天地四方，并不以玉色分上下。《遵生八笺》、《格古要论》、《清秘藏》等书论玉色之上下排列都不相同。《欣如谈玉》讲得好："所好不同，论调各异，盖无定评也。"瞧你这块碧玉，深菠菜绿，浑厚滋润，芝麻点如晨星，是优等和田碧玉啊。

樱桃好吃
戴逸如《新民晚报》《今晚报》图文专栏精粹
YING TAO HAO CHI
DAI YIRU XINMIN WANBAO JINWANBAO TUWEN ZHUANLAN JINGCUI

天方夜谭

（马妞对牛博士说）

戴逸如文并图

我有个非虚构故事，想听不？

M的父亲是土豪级的。M在英国结识了一个英国小伙，恋爱几年，谈婚论嫁。父母一考察，大为不满，当即发出绝交令。因为按他们的标准，英国小伙子简直就是"贫下中农"。

然而女儿自小任性，执意不从，还声称非他不嫁。父母的威逼利诱均告失败。无奈。妥协。宝贝女儿嘛，嫁妆极丰厚，包括一套英国住宅。

婚后，父母怕女儿过不惯清贫生活，不断地寄钱寄物，大到奢侈品，小到腐乳。

有一天，女儿发来奇怪微信，断断续续，更显怪异。父母听了，问了，懵了，搞了半天还没弄明白，疑似天方夜谭。

终于弄明白的意思其实很简单：女儿坚决不许他们再寄东西了。因为越寄越让女儿难堪——天晓得，土豪在那里居然备受轻蔑。而女儿在那个环境里，也渐渐认清了自己在修养、信仰上的差距，努力学习，渐见起色。而寄去的钱物，在她融入过程中一再起到了负面作用，让她屡屡蒙羞。

嗨嗨，感想如何？恐怕远不止M父母，连你也会如听天方夜谭吧？

善用缺憾

（牛博士对马妞说）

戴逸如文并图

　　大唐虽盛，却还没有发明眼镜。杜甫先生老眼昏花了，视力得不到矫正——这对常人来说，无疑是苦事一桩。杜先生则不然，竟能从中得益，吟出"老年花似雾中看"的妙句——诗意不往往产生于朦胧吗？明察秋毫宜于科学实验与破案，而写诗需要的不正是雾里看花？

　　前一句"春水船如天上坐"：你看，碧水，青天，春水涨，扁舟晃，上也白云，下也白云……细加揣摸，这岂不是唯有视觉朦胧的人，才能获致的飘飘欲仙的真切体验吗？

　　再说张大千。传奇一生，画作无数，而使他稳坐丹青史一把交椅的，则是他的大泼彩山水。而大泼彩，恰恰是他目力不济后的产物……

　　冯小刚电影公社开街，冯在致辞中罕见地向媒体道歉，令媒体人大感意外。这固然是冯心情大好时的坦示，但依我之见，冯其实完全用不着道歉的。谁不晓得当下的文艺环境？假如没有冯的坏脾气，冯怎么可能反狙击、炸碉堡，开拓出他的一片天地？

　　是呀，缺憾总会有的，缺憾人人有的。不以缺为缺，不以憾为憾，善用缺憾，缺憾或许就变成长袖了呢。

樱桃好吃
戴逸如《新民晚报》《今晚报》图文专栏精粹
YING TAO HAO CHI
DAI YIRU XINMIN WANBAO JINWANBAO TUWEN ZHUANLAN JINGCUI

两袋咖啡豆

（牛博士对马妞说）

戴逸如文并图

找东西翻箱倒柜，发现两袋原装进口非洲上好咖啡豆。一看，居然过期六七年了。

是，起初我真有点懊丧。可惜了。不过，懊丧很快转变为欣喜。

奇怪耶？不奇怪。因为过期咖啡豆给了我启示。你想，咖啡豆再珍贵，也无非咖啡豆而已，过期咖啡豆换来人生小启示，不是太值得了吗？

启示一：得到好东西不可太当回事，藏得太好反而容易坏事。

启示二：面对咖啡，往事历历。其中一袋当年一上手，即闻异香扑鼻，嗅之微醺。今日开袋，却香气毫无，宛如卵石。细观察，包装袋上压有针孔，显然是为以香诱人而设。而另一袋包装严丝密缝，根本无从泄香。当时无香，混同俗物。今日启封，呀，那个叫香哦，无异于新鲜嘉豆。对，这启示不明说你也懂：老在炫耀的人，那挥霍穷尽的一天，看得见。深藏不露者，才留香长久。

还有第三个启示，要转一点弯，那是泰戈尔的一句话："刀鞘保护刀的锋利，它自己却满足于它的迟钝。"

启示虽小，可以见大，可以联想，有隽永之香——闻闻吧，多香！

樱桃好吃
戴逸如《新民晚报》《今晚报》图文专栏精粹
YING TAO HAO CHI
DAI YIRU XINMIN WANBAO JINWANBAO TUWEN ZHUANLAN JINGCUI

金钱如粪土

戴逸如 文并图

谢谢！我衷心感谢可爱的贪官污吏们用行为艺术，把"金钱如粪土"诠释成了谐谑剧！

你呀，游览了那么多果园，就是不留意果园近边必有的土坑 —— 新鲜的人畜粪便是不能立即当肥料施用的，得先埋进土坑里发酵。那坑，叫堆肥坑。

你有所不知，贪官污吏在意识层面上视金钱为心肝宝贝，恨不得把金钱搂在怀里睡觉。而在潜意识里，小农狡猾却跳出来敲他麻栗子了：你若放肆享用贪污来的金钱，只怕会像庄稼一样被烧死，不如挖个堆肥坑焐起来。

嘿，好笑的是，埋是埋了，还没等到发酵，屁股先被烧焦了！

你以为诚实劳动挣来的金钱就不是粪土了？不，照样是。明白人深知金钱的粪土属性。你能拿金钱悬挂起来当匾额？你能拿金钱贴在脸上当荣耀？你能拿金钱别在胸前当勋章？……那是贻笑大方、臭飘万里、蒙羞子孙的低档土豪作派啊。

明白人懂得，粪土是脏臭的，但用得恰当、适量，有利于蜜梨、蜜桔、水蜜桃的成长。所以，真聪明人一定明白，对脏臭的粪土务必管控使用。甜国、甜家、甜自己的嘉果，才是爱的对象。

樱桃好吃

戴逸如《新民晚报》《今晚报》图文专栏精粹

111 | YING TAO HAO CHI

DAI YIRU XINMIN WANBAO JINWANBAO TUWEN ZHUANLAN JINGCUI

墙上勾勒

（马妞对牛博士说）

戴逸如文并图

1910年11月。俄罗斯边远小镇阿斯塔波沃。火车站站长卧室。

旅途中的托尔斯泰慢性肺炎再次发作。他被安顿在一张小床上。一星期之后，托翁谢世。一位粉丝拿铅笔沿着托翁遗体，在布满繁花的墙纸上，描摹下托翁仰卧的轮廓。线条笨拙，却因用心而有了磁力，发散出气场。

我一见到已很浅淡的此像，如遭电击，那感觉很快弥满了全身。我的景仰之情被吊起、被发酵，鼓胀欲裂……我不知道，一百多年来，这张小床边的遗像，震撼过多少景仰者？

这是有生命的墙上勾勒。

如今，发泄式的涂鸦肆意扩张，到处泛滥，骚扰着视觉与市容。那是迷惘灵魂的躁动与游击。奇怪的是，居然还有"公知"为之倾情鼓吹。

我想，我们常常讲的创造力，并不体现在人云亦云的胡涂乱抹，而恰恰是去发现、创作出这样内涵无穷的墙上勾勒。

泰戈尔写道："于世无求的人，他是个自安自足者；春天的柔气是为他的，还有繁花与鸟语。"

我要续写一句：还有花开不败的墙纸上，与岁月一般绵长而遒劲的线条勾勒，为他，更为了后人。

樱桃好吃
戴逸如《新民晚报》《今晚报》图文专栏精粹
YING TAO HAO CHI
DAI YIRU XINMIN WANBAO JINWANBAO TUWEN ZHUANLAN JINGCUI

却是不会

（牛博士对马妞说）

戴逸如文并图

　　不对不对，你把这个贪官的摄影作品贬得一蹋糊涂是错的。你以为贪官污吏都是绣花枕头——一包草吗？

　　我且举个人来给你听听："这人吹弹歌舞，刺枪使棒，相扑顽耍，颇能诗书词赋。"你看，端的是多才多艺、文武双全吧。此人是谁？原来是《水浒传》里的"浮浪破落户子弟"、"踢得好脚气球"的奸臣高俅。假如，他到今日舞台上来秀秀才艺，闯入总决赛怕是不会有问题的。所以，你不能以才艺高下左右了是非判断。

　　施耐庵脑子就比你清醒得多。他在充分肯定高俅才艺的高水平之后，只轻轻点出一句话来，如银针直戳穴位："若论仁义礼智，信行忠良，却是不会"。一个才艺出众者最终成了大奸大恶，根源何在？正是在"若论仁义礼智，信行忠良，却是不会"！

　　仁义礼智、信行忠良是什么？是纵覆古今、横盖中外的美德。因为时代地域的不同，美德标准会有差异，但人类美德本质不变。倘若眼里只有才艺没有美德，其后果之恶劣、广泛、深远，不是嘴巴能说得尽的。

美标尺美规矩

（▲马妞●牛博士）

戴逸如文并图

　　▲旁观者清，这个老外说得多好呀，抓到了丑建筑出笼的根源。

　　●权力与崇洋催生了丑建筑之类的调侃与抨击，嗨，老内说得少吗？你怎不点赞？莫非你也掉进了崇洋陷阱？至于根源，就更谈不上。

　　权力与丑建筑有必然联系吗？你历数古今中外公认的美建筑，哪一座不是权力拍的板？倘若掌权者具备很好的审美趣味，丑建筑能有生路？只怕丑蓝图连侥幸的缝都钻不过啊。崇洋与丑建筑也没有必然联系。洋也好，土也好，不是都留下了经典美建筑？假如主其事者趣味偏洋，只要与环境协调，弄几栋洋味美建筑出来，有什么不好？凡属美的，洋土都好，不应该成为罪名。

　　那么，丑建筑的出笼与什么有关呢？当然与恶俗趣味、丑陋心理有关。有没有消除恶俗丑陋的可能？有。唯有美育一途。假如主其事者受过美的教育、美的熏陶，习惯养成自然，自有一把美标尺去丈量眼之所见，自有一套美规矩去创造作品，那么，丑还玩得出愚弄的伎俩吗？

　　你看，被当作可有可无的美育，作用多大！

日本诸葛亮

（▲马妞●牛博士）

戴逸如文并图

　　▲CCTV是不是中国国家电视台？

　　●嗨，你此话问得奇怪。

　　▲北京大学是不是中国顶尖高等学府？

　　●这，恐怕不止是问题的奇怪了。

　　▲《三国演义》是不是中国古典名著？

　　●？？？

　　▲关羽是不是中国古代名将？

　　●你……你，没事吧？

　　▲你以为我神经搭错、脑子进水？对啊，搭错、进水的确有其人呢！

　　●难道……我，没做错什么吧？

　　▲这就是你推荐给我的书！你看看，你看看，"百家讲坛"讲稿、北大出版社出版的《三国的名将》，够权威吧？你没觉得封面上的孔明、邓艾绣像相貌怪异吗……原来，原来你早知道是日本人画的呀！那你倒说说，莫非我国众多画家画的三国人物就没一个上得了台面？莫非我国几辈辈读者认可喜爱的形象都必须颠覆？我们的设计人、出版人的审美趣味、文化意识究竟何在？大道理用不着我来讲了，诸葛亮说过："君子视微知著，见始知终。"不是我危言耸听，只怕有一天，《三国演义》也会成了日本的文化遗产。

诸葛亮说过君要想做到著见妙知终有些事器小却是反映出本真如垄可学南视之

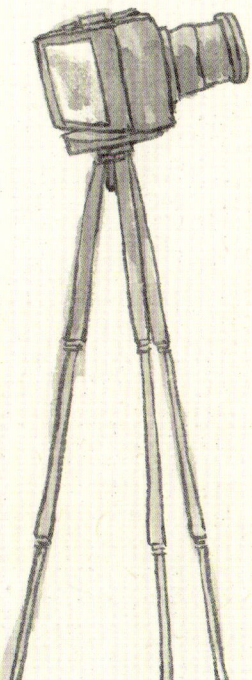

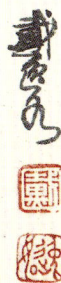

自圆其说就好？

（牛博士对马妞说）

戴逸如文并图

　　一位工程专家茶叙时神情黯然。询问的结果是：他潜心调研设计，可说是累积毕生心血的工程方案惨遭否决，而外国专家仅用了几个月时间的、急就章式的设计方案，却以压倒性的优势，高票当选。

　　他说，洋方案看起来的确漂亮、大气、先进，但投资巨大，其理论依据只能说刚够得上自圆其说。他的方案则大不相同，貌不惊人，用了许多土办法。但，都是经过实践一再证明，切实可靠、经久耐用，低投入即可解决大问题。更重要的是，他的方案对当地的土质、水文、气候演变状态有长期的掌握，具有极强的针对性。打个比方，如同手术，他的方案不采用高精尖的医疗器械，不需要昂贵的药物，而是在透彻了解看不见摸不着的经络的前提下的扎金针，一一命中穴位。

　　我对这个专业纯属外行，对方案的优劣不能妄断。但他的话却深深打动了我。多少人只听到自圆其说，便在七彩眩目激光棒舞动下忘情地屁颠屁颠，有几人还肯坐着冷板凳潜心深究不张扬却有效的经络与穴位呢？

樱桃好吃
戴逸如《新民晚报》《今晚报》图文专栏精粹
YING TAO HAO CHI
DAI YIRU XINMIN WANBAO JINWANBAO TUWEN ZHUANLAN JINGCUI

必须完美

（牛博士对马妞说）

戴逸如文并图

　　日本西大寺古茶园素负盛名，尽管在京都它也只属于袖珍版园林。

　　萨姆·埃布尔的造访意外地遭到委婉而又断然的拒绝。

　　不，你以为人家像你一样？根本就不是多给钱才能解决的问题，要知道那儿不收门票更不收小费。拒绝的理由是什么呢？居然是：今天没有下雨。

　　当然，我知道你根本不可能听懂。我也懵了半晌才若有所悟：怕是这茶园只有在雨朦朦、湿漉漉之中，动人的气质神韵方能完美呈现的缘故吧？是和尚不愿意让访客带着不够完美的观感遗憾而返吧？

　　埃布尔诚恳请求，因为他实在不可能等到下雨再来了。和尚终于答应，不过，必须在下午两点之后。

　　也许和尚要午休？也许和尚要做功课？……埃布尔也不清楚。只能如此了，这已是尽力争取的结果了。

　　两点敲过，埃布尔如约而至。等踏进茶园，一切都明白了。和尚赶在两点之前用清水把整个茶园细致地洒了一遍。眼前的茶园俨然初晴美景。

　　是，我的话到此为止。不作点评。有没有余韵，你自己去回味吧。

樱桃好吃
戴逸如《新民晚报》《今晚报》图文专栏精粹
YING TAO HAO CHI
DAI YIRU XINMIN WANBAO JINWANBAO TUWEN ZHUANLAN JINGCUI

不可说

（马妞对牛博士说）

戴逸如文并图

　　视角新颖、构图别致、趣味独特的锦山绣水、空谷幽兰、朝烟夕岚……行，行，你可以搜尽你脑瓜里库存的华丽词藻堆砌上去；哦、嗷、哇噻……哈，你当然可以把你所能记得的感叹词一股脑儿搬来强化你的惊艳之情。

　　我理解你最大限度地夸张你的遗憾，因为如此美妙的仙境你竟然没去过！心动不如行动，恨不得立马网上购票，晚上出发！

　　其实你去过。我说"不可说"，你不信，硬要我说。嘿，倒不是我小气，想严守原生态自然景观秘境，不肯与你分享，独乐乐，偷着乐……而是，而是为你着想。真的，怕让你恶心，煞了风景。

　　还是别说了吧？非说不可？我真说了……唉，你将尝到"逐臭之夫"的滋味了。蒙你青睐，你认为视角绝佳的那几张照片……你不可能想到，居然都是透过旅游胜地厕所窗子抓拍到的。一提起来，呃，呃，我立即反胃恶心……

　　世上最美丽的景色与世上最脏臭的厕所，就这么并陈着，混搭着，而且最顽强地生存着！屡批不改！

多少美景竟然是此曲背景甚色前景兮 戴逸如

樱桃好吃
戴逸如《新民晚报》《今晚报》图文专栏精粹
YING TAO HAO CHI
DAI YIRU XINMIN WANBAO JINWANBAO TUWEN ZHUANLAN JINGCUI

腊笑脸

（马妞对牛博士说）

戴逸如文并图

　　路过南货店，一块小标牌闯入我眼帘："腊笑脸"。

　　腊笑脸？什么意思？戴个蜡面具的微笑服务？我的视线往上移。这一移不打紧，我触电般寒颤：妈呀，一张比脸盆还大、压扁了的褐色猪脸正冲我咧嘴大笑！

　　挂一只猪头倒也罢了，人类要改变食肉习性，一时也难，我理解。我无非默念一声善哉，别过头去走人罢了。可是，腊猪头在笑，吓人的正是这个笑呀。这位创意大师是怎么创出这个意来的？砍了猪脑袋，腌腊它，还让它嘴角上翘、喜笑颜开！

　　是，你知道的，我从来不吃烤乳猪。我觉得双目紧闭的乳猪特可怜，食客吧叽吧叽吃得香的咬嚼声，这时显得特可憎。假如，这乳猪冲你笑起来……你毛骨悚然了吧？

　　对呀对呀，你见过老照片城楼上高悬示众的首级，你见过首级笑吗？……那绝对是恶梦，是超级惊悚片！

　　不好意思，我都结结巴巴语无伦次了。我不像你，没大道理可说……对对对，是这意思：创意如果缺少系统素养的支撑，会变得很扭曲、很可怕。

創意假如缺少了其物象善的支撐會變得很扭曲很可怕

戴逸如

櫻桃好吃
戴逸如《新民晚報》《今晚報》圖文專欄精粹
YING TAO HAO CHI
DAI YIRU XINMIN WANBAO JINWANBAO TUWEN ZHUANLAN JINGCUI

得近舍远

（马妞对牛博士说）

戴逸如 文并图

迎着晨曦，趁太阳的脸将现未现，你对着花朵和阔叶上的露珠左拍右拍，照相机兴奋地咔嚓咔嚓响着。你的脑袋里闪过艾布·马迪的诗：

假如你见到玫瑰花上的一颗露珠，凝视它吧，就如一个隐微的谜你尚未颖悟……红的不都是炭火，不，白的不都是珍珠……也许它在自由的苍穹逍遥自在地生活了一阵，黑夜的眼角在黎明时洒下她……一滴甘露。

你曾经熟视无睹的花上露、叶上露在近摄镜里清晰了、放大了、陌生了、升华了，美艳动人。

然而此时，你眼角余光发现，远处小木屋上空，"雨燕张开它宽阔的翅膀，在屋子四周盘旋，欢唱"。"它使雷声清脆，它在晴空播种。如果一旦触及泥土，它将跌得粉碎"。（夏尔）你多想捕捉它洒脱的舞姿，你多想抓拍它矫捷的身手，可是，想换远摄镜根本来不及，稍纵即逝呵……

遗憾？有什么好遗憾的？放弃。得近者舍远。有得有失的道理，在这里完全适用。

拍摄到了近处的露珠，赢取过了远处的雨莲罢 戴彦如

樱桃好吃
戴逸如《新民晚报》《今晚报》图文专栏精粹
YING TAO HAO CHI
DAI YIRU XINMIN WANBAO JINWANBAO TUWEN ZHUANLAN JINGCUI

心深眼深

（▲马妞●牛博士）

戴逸如文并图

▲你太不人道！我辛辛苦苦拍来这么多好看的花啊鸟啊，你居然一点鼓励的掌声都不给！你拿出的照片我也喜欢，但那是摄影大师的作品嘛，人家是什么设备！

●你的设备很好啦。差距不在于设备，而在于用心的深度。心深则眼深。你看这张：母猩猩侧影特写，看不到她的眼睛，却处处感觉得到她深深的怅惘不安。她紧紧搂起的怀抱里，长毛下露出小猩猩怯生生的一只半眼睛。那眼睛天真而清澈，与人类婴儿的眼睛一般无二呵。越看，越感觉到幼小眼神里饱含的满是无助与恐惧。告诉你，我每次看，每次都心酸心颤。

▲哟，还真是。

●这一张呢，美不美？白而柔的茸茸细毛布满画面，熟睡中的北极狐，闭起的眼睛形成一弯曲线，隐约可见蓝绿色的眼珠，妩媚，楚楚动人。那眼皮似颤非颤，在做甜梦吧？是扬着雪花撒欢？是和小伙伴阳光下嬉戏打闹？抑或是钻在母亲温暖的怀里撒娇……摄影师深入北极凛冽的风雪里，百觅千寻，才抓拍到这帧充满生灵情味的美眼特写。唉！

▲美得你叹息了？

●这只，就是这只，多可爱的小北极狐呵，仅仅两小时后，殒命于偷猎者的冷枪下。摄影师远远望见，泪水顿时盈眶，仰天长啸。

那双眼睛叫狗得人心痛

戴浔 画

樱桃好吃
戴逸如《新民晚报》《今晚报》图文专栏精粹
YING TAO HAO CHI
DAI YIRU XINMIN WANBAO JINWANBAO TUWEN ZHUANLAN JINGCUI

大抵偶遇

（牛博士对马妞说）

戴逸如文并图

是，新茶。

是，谈不上什么包装，用手工土纸随便包包的。

不，既没名字，也没品牌。你没听说过、没见过很正常。

不，你这些问题的答案都会令你大失所望。不过，你尝尝呢。

怎样？不光香气、汤味叫你惊喜了，假如你去测试各项指标，一定更叫你欣喜若狂。为什么说假如？因为从来没人去测试过，也根本无需测试。

为什么？因为此茶出自无名深山，出自无名小庙，出自无名和尚之手。是和尚种来自己喝的。产量之少可想而知。自然也待客。客不多，深山嘛。

珍茶可遇不可求。世事大抵如此。人人皆知的"床前明月光"自然是好诗，如果你肯静下心来翻翻《全唐诗》，必会有惊喜的偶遇。我更深信，许多可惊之喜早已消失在《全唐诗》之外。妙书往往也是需要偶遇的，动静闹得很大的书，往往不看也罢。

不不，这是茶的桃花源，不足与外人道也，你喝着好就行。若你真去寻了，真让你找着了，被你一鼓吹，招蜂惹蝶，这茶也就完了。

笑开了花

戴逸如文并图

看你笑成这样,比听嘻哈包袱铺还乐呐。

乐?先痛痛快快地乐一乐吧。

我却乐不起来,只有佩服。我服了。

这位家长真是不失时机、循循善诱、言传身教,把教育功能发挥到了极致:

用什么东西作钓饵,用什么手法,怎样一步一步把孔雀引到跟前,然后,怎样以迅雷不及掩耳之势、电光石火般的敏捷……干脆、利索、漂亮,把孔雀羽毛拔取到手。

孔雀之痛、公众的美丽,瞬间化为一己的快意。而他,居然恬不知耻,还以耻为荣!

看看这两代人愚昧的笑容,再看看夺路而逃的孔雀,你还笑得出来吗?

孩子好比吸附力极强的宣纸,一笔极淡的朱砂,可氤成山茶花,一点极浅的汁绿,可撇成兰花叶。假如成年累月地往白纸上浇污泥浊水呢?

家长对孩子言传身教,上级对下级言传身教,长官对百姓言传身教,媒体对受众言传身教……多少良知、善念或陋习、恶习,正是这样传承着。

所以,一桩桩令人匪夷所思、瞠目结舌的社会新闻接踵上演,我们往往一笑了之。你想过吗?这笑,是会催开恶之花的。

家长教子如拔乱雀毛两个束青著课翔而致使学业意义 戴逸如

樱桃好吃
戴逸如《新民晚报》《今晚报》图文专栏精粹
YING TAO HAO CHI
DAI YIRU XINMIN WANBAO JINWANBAO TUWEN ZHUANLAN JINGCUI

阳光不锈

（牛博士对马妞说）

戴逸如文并图

车停服务区。进洗手间。一抬头，见到的竟然不是"上前一小步，文明一大步"，而是一则小故事。一分钟后，我已拾到了一枚漂亮的贝壳：

诗人出门在外，蓦然看到绿叶掩映中四个大字："阳光不锈"。太有诗意了。他惊为哪位大才子的妙手偶得，遂即寻径而入，欲看究竟。岂料，"阳光不锈"之下，还有四个字："钢制品厂"——原来是一块毫无诗意的厂名招牌。

不，我今天不作赏析，只想谈谈传播。曾经在一家茶餐厅桌上，我也见过启人心智的小故事。在等待上菜的几分钟里，我的心灵已萌出一小片绿芽。善与恶，在生活中往往都是以小善小恶而不是以大善大恶的形式悄悄传播、潜移默化的。这个小，实在不可小觑。就像感冒病毒，不知不觉中，已传染遍一个区、一座城一样。

是，没错，网络的覆盖面更大，影响更广。所以，假如电脑、手机也能自觉地加入到"勿以恶小而为之，勿以善小而不为"的队伍中来，那么，我们的城市便不会感冒，我们的阳光必能不锈。

樱字不读如明光事实上是常言道语而言不谈并非唯事唯都是易靠心实现

樱桃好吃

戴逸如《新民晚报》《今晚报》图文专栏精粹
YING TAO HAO CHI
DAI YIRU XINMIN WANBAO JINWANBAO TUWEN ZHUANLAN JINGCUI

不正常

（牛博士对马妞说）

戴逸如文并图

在你外甥女参加成人礼之前，先让她外出体验人生。你的想法很有创意嘛。

你让她去宾馆大堂退房，说："请查房。"

果然她惊诧了：大堂小姐含笑鞠躬，连连说不好意思，不用不用。因为那里根本没有查房一说。这是对客人的信任和尊重。

我当然相信，有些人会故意或习惯于把房间弄得一蹋糊涂，甚至毁坏、拿走物品，但这，不是不仅不尊重别人，也是不尊重自己吗？

你让她询问：晚上外出要不要带防身用具？大堂小姐粲然而笑：没事没事。即使没有大人陪伴，你小女孩孤身一人走走逛逛，也不会受到任何惊吓。她大惑不解，怎么是这样？漫画书里的恐怖，难道都属虚构？

购物结账，你故意遗忘一些钱在账台。服务员追到门外，忙不迭地鞠躬致歉，还钱……

怎么是这样？为什么不是这样？难道互不信任、互不尊重才正常？难道贪得无厌、眼里只有钱才正常？

假如习以为常的是粗鄙、丑陋和野蛮，反而把优雅、美好和文明当成了不正常，那是多么可悲的事。

把相邻丑陋野蛮当作正常可以理解，常反把优雅美好文明当不正常。戴逸如

樱桃好吃
戴逸如《新民晚报》《今晚报》图文专栏精粹
YING TAO HAO CHI
DAI YIRU XINMIN WANBAO JINWANBAO TUWEN ZHUANLAN JINGCUI

新成语：吴山涂碑

（牛博士对马妞说）

戴逸如文并图

喜形于色？可能吗？你不知道我对吴文藻、冰心夫妇一贯的尊崇？也许我的表情复杂，你误读了。吴山涂碑令我痛惜，却又令我憬悟：新成语诞生了。吴山涂碑不是简单的个人行为，而是现实生活的崭新创造，它比许多行为艺术自以为是的虚构所蕴含的讯息、观念、哲理，要丰富、犀利、深刻得太多。它是社会思潮的水到渠成，是信仰幻灭、教育失败、道德沦丧的综合成果，是兼具独特性和典型性的精彩案例。

龚自珍，"落红不是无情物，化作春泥更护花"的作者、清代忧国忧民的思想家，其子龚橙，天资聪颖，才华出众，偏偏行为放荡，挥霍无度，劣迹斑斑，终于落拓。龚橙恬不知耻地自号"半伦"。你知道"半伦"是怎样为父亲改定遗稿的？他把父亲牌位置于砚边，每改一处，就用竹枝鞭打一记，嗔道：此字不对，此句不通……

可见吴山涂碑是既有继承又有发展的。

龚自珍、吴文藻、冰心他们做梦也想不到，他们的君子之风、国色天香护养的，竟是恶之花！

樱桃好吃
戴逸如《新民晚报》《今晚报》图文专栏精粹
YING TAO HAO CHI
DAI YIRU XINMIN WANBAO JINWANBAO TUWEN ZHUANLAN JINGCUI

貌似骗子

戴逸如文并图

两个衣冠楚楚的家伙做出种种模拟动作,宣称他们手里的衣服极为珍奇,只有智者才能看到它的富华,愚人一定视而不见。

是,我讲的正是《皇帝的新衣》。安徒生揭示了一种骗子的真面目。《皇帝的新衣》问世后很快凝固为思维模式,问题就此产生:宣称智者看得见、愚人看不见的必是骗子吗?有没有智者看得见、愚人看不见的事物呢?

有人盛赞A为贵人,马上有人跳出来揭老底:"哈,他也算得贵人?他只是个没有一官半职的草根贱民呢。什么东西!"有人恭敬B为富人,马上有人蹦出来爆料:"嘻,甭说他离胡润榜十万八千里,他连个小老板都不是,月薪一二千,工薪阶层里还离底不远。穷鬼一个!"

看来这个贵人还真不贵,这个富人还真不富。那么,这个"有人"莫非真是骗子?

一位颇有点钱,也颇有点名的朋友说:"何为富贵?无需向别人折腰,则为贵;无需向别人伸手,则为富","真正的富贵之人往往在平民百姓中"。

瞧,一条智者看得见、愚人看不见的真理。

智者看得見鬼人看不見,鬼世界上真有哩

樱桃好吃
戴逸如《新民晚报》《今晚报》图文专栏精粹
YING TAO HAO CHI
DAI YIRU XINMIN WANBAO JINWANBAO TUWEN ZHUANLAN JINGCUI

串门

（牛博士对马妞说）

戴逸如 文并图

哪里是不肯屈尊呀，我何尝不想去你新别墅打打小麻将？

不，我很喜欢串门子的，每天必串几家，一向如此。

嘿，猜对了，那都是显赫人家哦。啊呀呀，你要骂我势利我也没法子，习惯了，改也难。

哪里呀，我能叨问什么经国济世的大事？无非兴之所至罢了。

今天嘛，先拜访了一家，从阳台上看小男孩从广场花园深处悄悄出来，走到姑娘面前……

在后一家与主人聊了何以万物静默如谜，而桥上的人们又是如何从一粒沙子看世界的。

在接下来的一家探究了凤尾船的悲伤，意见相左，起了争执。主人不悦也没法子，我的念头真实且真诚。

又在一家抚摸了巨人树，遥想地球洪荒时它的模样。

又因为共鸣而与另一家主人放声大笑，笑生命是弓，弦是梦想。接下来归于惆怅：箭手在何处呢？

与他们晤谈我真的很开心，很心醉。不好意思，今晚我已有安排。有个疑问纠结我脑中已数日，不解不快。拜访的那位太太你想必是知道的：李清照。

哦，辜负了你的烧烤。抱歉。不送。拜拜！

当家叩响这楼的门时那种开心真是发自三言表而

樱桃好吃
戴逸如《新民晚报》《今晚报》图文专栏精粹
YING TAO HAO CHI
DAI YIRU XINMIN WANBAO JINWANBAO TUWEN ZHUANLAN JINGCUI

和平曲

（牛博士对马妞说）

戴逸如文并图

昨天还在上海看月全食，看大楼夹缝里的月亮渐渐呈了暗红色，今天却在神户赏月了。日本的月亮一点不比中国的圆，是，一点不。不过，夜幕深蓝色之纯净，星空能见度之高，实在让我难忘呀。

沐着清凉海风，看圆月从神户塔左边徐徐滑行到右边。神户塔泛着金红色光芒，活像一只长长的日本鼓。乳白色网格结构的海洋博物馆两角上翘，使我想起儿歌："弯弯的月儿小小的船，小小的船儿两头尖……"当然，这博物馆是大大的船，是童话里的巨船了。

夜之神户港并不豪华，美丽而宁静。疏朗的居民闲散地度着他们的周末：年轻的母亲或父亲推着婴儿车，老人家步履舒缓，餐饮者举止从容。岸边几十张椅子，只坐着一对情侣。他们遥望着红的塔、白的馆、黄月亮，纹丝不动……

四顾休闲居民，我忽生幻觉：假如换上黄军装，他们不就是"鬼子"吗？

是，战争使人变成鬼，和平使鬼变成人。

我愿天下的鼓永奏和平曲，天下的船满载和平花。

战争使人变成魔鬼，和平使魔鬼变成人。愿世上的数常委和平曲

樱桃好吃
戴逸如《新民晚报》《今晚报》图文专栏精粹
YING TAO HAO CHI
DAI YIRU XINMIN WANBAO JINWANBAO TUWEN ZHUANLAN JINGCUI

莫污染

（马妞对牛博士说）

戴逸如文并图

你知道的，我很少进寺院。旅游经过名山古刹，也大多拍照留念、匆匆而过。

昨天很偶然进了嘉定新修的万佛寺，大觉新鲜，与通常见到的寺庙很不一样嘛。一问，原来是利用旧厂房改建的。我说挺好呀，不铺张，不浪费，还很环保、很新潮，有后现代主义味道嘛。

你知道的，我一有兴趣，嘻嘻，就会粘上的。我七转八转，东张西望，还数起大大小小的佛像来。可数来数去都不对。问啦，我当然问了。和尚的回答令我大吃一惊，喜笑颜开。你知道和尚说什么？你猜，你猜。

你怎么知道的？他正是这样说的呀。他说庙里总共供有九千九百九十九尊佛，我进来，就满了一万之数 —— 因为我就是佛呀。

嘻嘻，你速速下跪叩头，我是佛呀！

是吗？这个理念古已有之？平常心是道，这我听说过，但不知其详。慢些慢些，语速放慢，容我记下："道不用修，但莫污染。莫作佛见菩萨见，平常心是道。"

道不用修，但莫污染。有意思，如此说来，这个"莫污染"至关重要了……

笑一个

（马妞对牛博士说）

戴逸如文并图

是，我也喜欢七想八想呀，为什么不多想想呢？

你看，那个爆米花老头停下又拉又摇的手，提起了破麻袋，很快要嘭地一声响，小小的白米粒或玉米粒就鼓胀得让人刮目相看啦。由爆米花我会很自然地想到，人世间有多少庞然大物，其实是爆米花——膨化人而已。于是晃动在眼前的一张张脸，威严的现出滑稽，富态的现出猥琐，而原本就一脸奸相的呢，就，就……嘿，就不必说穿了啦。这样一想，笑逐颜开。

笑一个！为什么你要越想越不开心呢？

说说你佩服的人吧，譬如契诃夫。契诃夫也喜欢东想西想。你听听他又是怎样想的：听到妻子或小姨子笨拙地练钢琴，他决不发火，而是想，真得感谢这份福气，我是在听音乐呐，而不是听狼嗥或者猫的派对。如果他犯牙痛，他会想，太高兴了，仅仅是一颗牙痛，而不是满口牙都痛……

你笑了！

好，我再送你一句契诃夫语录："生活是极不愉快的玩笑，不过要使它美好也不很难。"

不难，真的不难。

佛陀的无奈

（牛博士对马妞说）

戴逸如文并图

"我如良医，治病与药，汝若不服，过不在医。"

"我如善导，导人善路，汝若不行，过不在导。"

以上两节佛陀的话，一有缝隙就钻出来，老在我脑子里笃笃转头头转。

嘿，我像一个好医生，治病还给药。假如你偏不肯喝，莫骂医生太糟糕。

嘿，我像一个好向导，指点一条光明路。假如你硬不肯走，莫骂向导老糊涂。

你知道我咀嚼出了什么？我领悟出了话中深藏的无奈。

佛陀也会有无奈？为什么佛陀不可以有无奈？佛陀是个有大觉悟、大智慧的人，不是神，是人，当然有人的无奈。

你想，他给出帖帖良药，指出条条善路，例如"行恶得恶，如种苦种。恶自受罪，善自受福"，"行善得善，亦如种甜。自利利人，益而不费"……这些个极浅显、极明白、极根本的做人道理，总是有人偏不肯听，偏不爱听，偏要梗着脖子倒行逆施。

唉，如果碰到这种愚痴不化的汉子，良医无奈，善导无奈，佛陀也无奈呀。

櫻桃好吃

戴逸如《新民晚报》《今晚报》图文专栏精粹
YING TAO HAO CHI
DAI YIRU XINMIN WANBAO JINWANBAO TUWEN ZHUANLAN JINGCUI

共存

（牛博士对马妞说）

戴逸如文并图

　　罗曼·罗兰说："造成一个人的特点的，性情脾气比思想更重要。"

　　牛博士说："是，被人们津津乐道的，总是性情脾气非常鲜明的艺术形象。但能长久留存于人们记忆里的，却终归是深刻思想与鲜明性情共存于一体的艺术形象。"

樱桃好吃
戴逸如《新民晚报》《今晚报》图文专栏精粹
YING TAO HAO CHI
DAI YIRU XINMIN WANBAO JINWANBAO TUWEN ZHUANLAN JINGCUI

颜值

（●牛博士▲马妞）

戴逸如文并图

●有位女作家形象地写道：地铁门灯闪烁，有莽汉冲进。被撞。怒抬头。假如见是梁朝伟，心里立刻转为蜜蜜甜。假如见是王宝强，立马赏他一记大头耳光！颜值呀颜值，竟至于此吗？

▲你这人奇怪耶，不是很正常吗？经典里不也明明白白记载着吗：西晋俊男潘安，挟弹弓漫步街头，遇见他的女生都围观，不舍得离去。左思相貌猥琐，文章写得再好也白搭，女生见了，都朝他吐口水。瞧瞧，人同此心呀，古今皆然。

●长得丑，不看也就罢了，还唾他，你不觉得很过分吗？粉丝也太疯狂，难怪肚皮里一包草的花瓶男招摇风行。

▲酸！俊男必定是草包吗？飘若游云、矫若惊龙的美男王羲之，书法不是照样冠绝天下？ 最讨厌你这种男人，又丑又没本事！相貌与才能一样，都属天赋。

●天赋？不对呀，好多明星美貌不是整容整出来的吗？唉，像王羲之这样天生才貌双全的毕竟少有，而能够流芳百世的本领也毕竟难学。看来，虽然我怕痛，也得到韩国去走一趟，去整张李敏镐脸啦。

太陽以晚取人
乃古訓流傳至
今其原因是以
貌取人之風禍
延不絕

樱桃好吃
戴逸如《新民晚报》《今晚报》图文专栏精粹
YING TAO HAO CHI
DAI YIRU XINMIN WANBAO JINWANBAO TUWEN ZHUANLAN JINGCUI

糖耳朵

（牛博士对马妞说）

戴逸如文并图

好家伙，我不过随口这么一说罢了，你还真带回如此多的北京小吃！好吃，好吃！

你见到小吃店陈设的面塑小人——各式民间点心师了？特有意思吧？老北京小吃是有其特点的。近些年，老北京小吃在传统基础上作了不少改良，品种也吸收了多地风味，更丰富了。而我最钟爱的，还是原汁原味的糖耳朵。

是吗？爱吃糖耳朵居然能证明我爱听马屁话？你是借糖耳朵黑我呢。不符合逻辑嘛。爱听甜言蜜语，那应该爱吃"糖嘴巴"才对呀。

假如咬起文嚼起字来，那糖耳朵倒是可以分析出甚深妙意来的。

糯米耳朵渍透了糖，那是以不变的甜味去应万般滋味。且不说甜话，任你酸话、苦话、辣话……糖耳朵听来不都是甜的吗？换言之，糖耳朵顺耳话听得，逆耳话也照样听得。糖耳朵不仅明白忠言常常逆耳的道理，即使真是毒舌的恶意攻击，也能随时因势接招，并将之毫无粘滞地化解为滋补养身的正能量。

可口、可贵、可敬的糖耳朵呀，我愿我的耳朵能早日修炼成糖耳朵。

樱桃好吃
戴逸如《新民晚报》《今晚报》图文专栏精粹
159 | YING TAO HAO CHI
DAI YIRU XINMIN WANBAO JINWANBAO TUWEN ZHUANLAN JINGCUI

风雅到骨子

（牛博士对马妞说）

戴逸如文并图

一百多年前，有个上海人徐文台，博学多识，精于书法，又醉心于操琴、写诗和收藏。他在三十八岁时忽然开始画画了，从兰竹契入，出手不凡。忽然有一天，又封笔不画了。为何？竟然，嗨，竟然是求画者太多！现代人可是巴不得呢，润笔银也多嘛。

他得到一盏汉宫雁足灯，欣喜不已。拿它取了斋名：西汉金灯之室，并制成拓片，寄给好友龚自珍分享。

龚自珍作诗一首答谢。诗中说，自己曾拥有过的青铜器物以及收藏癖好，如今都已烟消云散，正像《典宝》之失传。出土的汉宫雁足灯想必铜锈斑驳如青泥苔。我为你高兴且联想到了陈朝文章高手徐陵。陈主曾因徐陵代他拟了一篇妙文而赐他一件珍贵的灯盘。如今，你老兄也可如徐陵般，在千年古灯下读书，那是何等惬意的事呵。

想想吧，卖画商机涌来时，徐文台却搁笔了，自断财路。宝灯到手时，他不仅不转手狠狠赚它一票，也不去银行租只箱子存着，伺机高抛。汉宫雁足灯，值大钱的国宝级文物呀，徐文台只是拿它点着读书。

唉，想想这个上海人，那是深入骨髓的风雅呀，真叫人羡慕嫉妒——爱！

樱桃好吃
戴逸如《新民晚报》《今晚报》图文专栏精粹

YING TAO HAO CHI
DAI YIRU XINMIN WANBAO JINWANBAO TUWEN ZHUANLAN JINGCUI

孙隆修堤

（▲马妞●牛博士）

戴逸如文并图

▲白堤，白居易修的。苏堤，苏东坡修的。西湖孙堤？有吗？耍我？孙悟空修的？

●低头看，你脚下的便是孙堤了！袁宏道说："望湖亭即断桥一带，堤极工致，比苏堤犹美。夹道种绯桃、垂柳、芙蓉、山茶之属二十余种。堤边白石砌如玉，布地皆软沙如茵。杭人曰：'此内使孙公所修饰也'"。

孙公者谁？明代万历年间太监，姓孙名隆，任苏杭织造二十余年。其时白堤已破败，他拿出本可用于花天酒地的二十多万两银子，设计重修，增添建筑景观多处。孙堤宽二丈，两湖光艳，十里荷香，亭台楼阁，可风可月。时人欢喜赞叹。

当时，苛捐杂税已导致多地暴力抗税，他却此时奉旨征税，引爆史称的"苏州织工之变"。孙隆如何处置？大开——不，不是大开杀戒，而是开溜了。说得对，其心似有不忍。这一溜，龙颜震怒。自此，正史野史都消失了他的踪影，孙堤之称也随之淡出。

我们头脑里的太监形象奸诈狠毒。而在纪实大师布列松镜头中，太监却有着一副可悲可怜的模样。孙隆是不是很像后者？

櫻桃好吃
戴逸如《新民晚报》《今晚报》图文专栏精粹
YING TAO HAO CHI
DAI YIRU XINMIN WANBAO JINWANBAO TUWEN ZHUANLAN JINGCUI

街景不寻常

戴逸如文并图

今天，你不觉得氛围有点怪怪的？不单单是都市的黄昏与乡野的黄昏大不同吧？

酷日仿佛西沉，探头探脑于楼群夹缝间。行道树顿时失去了透明的叶，路面顿时失去光斑。绿叶色差缩小，一律浓重。面包房、时装屋、超市……纷纷举灯，晒温馨。云的层峦叠嶂却还能接收到夕阳光，白云不再白，从浅黄到金黄，或轻或重地渲染着。云的近山呈灰色，由铅灰到浅灰，如泼墨山水洇晕，有些还镶上了炫目的金蕾丝。云把它的异亮，散漫地映射到人间，本应昏暗的街市遂笼罩了一层诡谲陆离的微光。砖面的墙、岩面的墙、涂料的墙，都把原本单纯的色相调成了多重复色，望着眼生。玻璃幕墙更玩起了后现代艺术的勾当，渗透与混杂，拼贴与错位，写实的变得抽象，抽象的貌似写实。行人多样的服饰和座驾，贩花的自行车和宅急送的助动车，缤纷如油画之点彩，如摄影之炫技，协力打造海市蜃楼的怪诞……

是，我静心，我观察，我发现。习以为常中，果真有不寻常。

樱桃好吃
戴逸如《新民晚报》《今晚报》图文专栏精粹
YING TAO HAO CHI
DAI YIRU XINMIN WANBAO JINWANBAO TUWEN ZHUANLAN JINGCUI

好玩爱丽丝，好玩刘易斯

（▲马妞●牛博士）

戴逸如文并图

▲《爱丽丝漫游仙境》好玩，爱丽丝确有其人就更好玩了。

●连英国女王也觉得这本书好玩，下旨必须将该书作者刘易斯·卡罗的每部著作都呈上。随即呈上的却是一部数学专著——有没有搞错？没搞错，卡罗的主要角色身份原是数学家和神职人员，而后才是童话作家。在吴均陶的译本里，印有卡罗给爱丽丝拍摄和绘制的两幅头像——卡罗居然还是摄影家！150年前的伦敦皇家摄影协会年会，每年都有卡罗作品参展。那时拍照曝光时间是以分钟计算的，所以照片中人都一脸呆相。而卡罗镜头中的众多小模特却不然，天真、鲜活。他挚友的女儿爱丽丝特别受他钟爱。可爱的爱丽丝激发了他的灵感，更把灵感燃成了传世杰作。他有一张小女孩穿戴中国刺绣服饰、持折扇、赤脚的作品《小茶商》。小女孩斜倚在彩绘茶叶箱上，神情调皮、慵懒，有点诙谐，有点幽怨，我觉得特别亲切好玩。

▲嗨，你不觉得这个童心盎然、简直像个谜的刘易斯·卡罗更有意思、更好玩吗？

人躁猴静

（马妞对牛博士说）

戴逸如文并图

　　一眼瞥见照片里黑耳绒猴的玉容，吓我一大跳！这不是《山海经》里人面怪兽的复原再现又是什么？

　　怪兽猴果然怪诞啊。都说猢狲屁股坐不住，常见的猴子们当真生性焦躁，坐无宁时，在断文识字、有教养的人类面前洋相出足。

　　偏偏，猴族中一只好静的黑耳绒猴冷然现身，领着羞煞人类的崇高使命。

　　瞧瞧，虚妄自大的人类有眼不识金镶玉，不仅乱辟公路，飙着座驾招摇，弄得周遭噪声连天，还大呼小叫，乱掷食物，肆意挑逗绒猴，破坏绒猴生存环境。

　　绒猴呢，直面猥琐人类的喧嚣骚扰，却一派君子气度，非但没有龇牙咧嘴、恶语相向，更不曾狂跳如雷、以暴制暴，反而优雅从容，报以不屑一顾的缄默，飘然隐入密林深处。

　　咦吁兮，人与猴，居然轻易就颠了个倒：猴如谦谦君子，人若无良痞子！黑耳绒猴做了一回陪衬者，叫人类出乖露丑，老脸丢尽。

　　人类做梦也不曾想到，会是猴子排演《山海经》，用"淡泊"戒尺敲击了脑袋！

没想到人与猴子的角色两位就这么整得颠了个倒

櫻桃好吃
戴逸如《新民晚报》《今晚报》图文专栏精粹
169 | YING TAO HAO CHI
DAI YIRU XINMIN WANBAO JINWANBAO TUWEN ZHUANLAN JINGCUI

闲云野鹤

（▲马妞●牛博士）

戴逸如文并图

　　▲G这小子明明自得其乐于名缰利锁的束缚，却自诩闲云野鹤，还刻了枚"闲云野鹤"章，嘭嘭乱敲。你，怎么倒不刻一方呢？

　　●是有点滑稽。嗬，那章竟请了印风霸悍的金石家奏刀，更见滑稽了。是，我是十分向往闲云野鹤的状态和境界的，可拿它刻章显摆，不就刻意了吗？云欲闲，鹤欲野，不要说刻意，连着意都不行的。

　　当你坐在灵隐三生石边，听着蝉鸣发呆。茫茫然，忽见一碧如洗的晴空不知何时竟有了一小朵淡淡的云。你正诧异这朵云来自何处，它又将去向何方？愣怔间，白云却又消失得了无印痕。招不来留不住的，是闲云。

　　当你置身溱潼湿地，顶着炎炎烈日，眼巴巴地盼望麋鹿，哪怕一只，能闯到你的视野里来撒一把野……焦躁间，你的发际掠过似有若无的一缕微风。你转过头去，却见一羽仙鹤，轻歌曼舞。你忙不迭掏手机，欲抓拍白鹤晾翅……可怜镜头里唯余莽原一片。予人惆怅的，是野鹤。

　　唉，着意、刻意求得的，只能是人造云、圈养鹤吧？

樱桃好吃
戴逸如《新民晚报》《今晚报》图文专栏精粹
YING TAO HAO CHI
DAI YIRU XINMIN WANBAO JINWANBAO TUWEN ZHUANLAN JINGCUI

山灵知己

（牛博士对马妞说）

戴逸如 文并图

这些东西我是不看的，劝你也别看。是，这些作者也算是名人了，真替他们难为情。抄抄导游词，满篇都是网上一搜就搜到的陈谷子烂芝麻，还时有抄错，也好意思称散文？

不，互联网诞生之前，靠东抄西抄的"游记"就已没有什么存在的价值了。三百多年前有个上海人，他说，山川没有口，要借人的口来说话，山川的眉目，要靠人来生发。因此，写游记的人应当是山灵的知己，随着山水的跌宕起伏，时懦时壮，时嗔时喜，时笑时啼，时惊时怖，时呵时骂，铤而走险时如山鬼，伴云行雾时似仙人。所谓笔悍而神清，胆怒而眼俊，精魂与山川合一，总有见人之所未见，闻人所未闻的地方。

像你手里的这种写手，他给他们起了两个绰号。一个是醉梦人。像个醉鬼七冲八撞，伸懒腰、打哈欠一派呓语，说了半天还不知道他说了些什么。另一个是山水乡愿。不懂装懂，没有一点自己的见解，兜来兜去都离不开一个抄字。

樱桃好吃
戴逸如《新民晚报》《今晚报》图文专栏精粹
YING TAO HAO CHI
DAI YIRU XINMIN WANBAO JINWANBAO TUWEN ZHUANLAN JINGCUI

书问

（牛博士对马妞说）

戴逸如文并图

书边泛黄，页面长出了褐斑，曾经神采丰润、腰板健朗的书呵，已然色衰而萎顿了——它，默默记录了多少一言难尽的岁月。

长江后浪推前浪，架上新书替旧书。浪，不知推了几拨。有些书簇簇新的，却已被更换。也有些书纵然布满寿斑，纵然纸张发脆，却静静地靠在那里，不曾替换，不敢替换，无法替换。

七八十年前，诗人泰戈尔来到上海，向来以海纳百川自许的上海人，居然以文字臭鸡蛋、烂蕃茄夹头夹脑抛上去，当作热烈欢迎。

唉，诗人呀诗人，你说你"好像一个进香人，来对中国的古文化敬礼"，进香就进香呗，为什么要说有"不很愉快的感想"？为什么要说"看不出一点点的中华文化的精神"？为什么要说"要晓得把一切精神的美牺牲了，去换得西方的所谓物质文明，是万万犯不着的"？您老真是一肚皮不合时宜呀。

我小心翼翼地扶正泰戈尔泛黄的书籍，心里却惦记着依然荣耀的"臭鸡蛋"、"烂蕃茄"，何时会送去化纸浆？

诗人当年的过虑之记在今天来看却是高瞻远瞩岂非令人佩服不已

做新衣

（牛博士对马妞说）

戴逸如文并图

是吗，你读过鲁迅编的《百喻经》？那就好，省了引子，开门见山：

某人妻子怀胎九月，临盆在即。

他聘了当地最好的裁缝，给未来的孩子做衣裳。刚出裁片，他就性急地摆了酒席，郑重其事地请来叔伯舅侄、三大姑八大姨，广泛征求对新衣裳的意见。

酒过三巡，托出裁片，一一点名，诚恳至极。

石匠张说："这个这个……别的我就不说了，这衣料瞄着就不结实嘛！"灯作李说："预产期不是夏天吗？花布怎么能用梅花图案呢？要莲花才对头。"塾师王说："男孩不穿绿衣哦，古人所谓红男绿女也！"葱姜马说："对襟？太土气、太老气，我老太婆穿的嘛。"板车孙说："这块是前襟吧？我怎么瞅着像……不说了，说出来多不吉利！"竹篾朱说："胳肢窝，喏，就这儿，弯得很不自然的，要自然美嘛！"……

好心的众人七嘴八舌，纷纷发表意见、献计献策。这位朋友却听得满头大汗、无所适从。老裁缝更是手脚冰凉、两眼翻白……

没有了，故事到此结束。

樱桃好吃
戴逸如《新民晚报》《今晚报》图文专栏精粹
YING TAO HAO CHI
DAI YIRU XINMIN WANBAO JINWANBAO TUWEN ZHUANLAN JINGCUI

穿帮

（牛博士对马妞说）

戴逸如文并图

好玩！好玩！"穿越"变成了一条草船，岸上万箭齐发呢。

你把左手书橱第三层右数第六本书取来。对，就是它：《亚瑟王朝的康涅狄克州美国人》，作者：马克·吐温。是呀，老马一百多年前已把"穿越"玩得很溜啦。老马的"穿越"，有趣味，有意思！

"穿越"本身无所谓高深、肤浅，也不在于有多少"科技含量"。须知，文学本是人学，电视剧也是人剧。"穿越"的所有戏，都出在现代人的生活、思维习惯与古代人的生活、思维习惯的冲撞之中。对古今习惯之差异理解越深，碰撞出的火花越鲜亮越好看。

你瞅瞅当今一箩筐一箩筐被诟病的"穿越"吧，懂一点古人的生活习惯吗？更不要说古人的思维习惯了。对现代人呢，照样皮相到不能再皮相。豆腐渣与烂棉絮冲撞，你还指望有好戏看？

所以，"穿越"可以是蓝天上的高穿，也可能是钻狗洞式的低穿。错不在"穿越"。而既不熟悉古代，也不熟悉现代的朋友居然有胆量出来胡编乱穿，不穿帮才怪。

魔不通古又不
聪今居然有胆量
竟敢罪不容帮才
怪

櫻桃好吃
戴逸如《新民晚报》《今晚报》图文专栏精粹
YING TAO HAO CHI
DAI YIRU XINMIN WANBAO JINWANBAO TUWEN ZHUANLAN JINGCUI

二笑

（牛博士对马妞说）

戴逸如文并图

是，这家伙的确是个小人，是混蛋，逮着机会就放放你野火，或利用手中小权搞点小动作，弄双小鞋给你穿穿。你委屈你难过，我很理解。

我赠你一句能让你开心、让你宽慰的话，培根说的："缺德者常常嫉妒别人之有德。"

他越是这样做，越暴露出他德的欠缺，你应该开心才是。

笑了。好！再赠你一个故事，听了别不开心哦。

有位得道高僧，徒弟来自天南地北，不同年龄不同文化层次的都有。徒弟A勤恳敦厚，徒弟B头脑活络。一天，B与A争吵起来。A说"三七二十一"。B硬说"三七二十四"，还歪理一套一套的。A横竖说不过B，气坏了。两人争辩到师父跟前，请师父评理。师父听了，对B说："你口才很好嘛，可以下去了。"B刚走，师父就给了A重重一记爆栗，斥道："你呀你，跟一个连三七二十一都拎不清的混小子计较，还有什么出息！"

笑了。好！这一笑重过前一笑。

樱桃好吃
戴逸如《新民晚报》《今晚报》图文专栏精粹
YING TAO HAO CHI
DAI YIRU XINMIN WANBAO JINWANBAO TUWEN ZHUANLAN JINGCUI

非洲凤仙花

（牛博士对马妞说）

戴逸如文并图

古代人也"美甲"，但远没有你们花样经这么多，染指甲用的就是你种的红色凤仙花。

凤仙花花色很多，杨万里有诗赞道："细看金凤小花丛，费尽花司染作工。雪色白边袍色紫，更饶深浅四般红。"

凤仙花为一年生普通草本花卉，而你在台湾看到的非洲凤仙花则是多年生肉质草本了。那里花园、校园、行道树下，建筑周围……以前栽培颇多，且多色混种，一片片绚丽如花毯。你在这里用了"惊艳"二字，是蛮贴切的，而你有时候大呼"惊艳"，则属于乱用，太夸张。

非洲凤仙花原产坦桑尼亚桑吉巴岛，因为花色美艳、花期长，被各国旅人争相引种，非洲凤仙花热辣辣走向世界。你看，拍自新西兰、巴西、夏威夷……的摄影，怎么样？

且慢"哇噻"。"花毯"是好看，但人们始料不及的是，这"花毯"会放肆扩张。它繁殖极快，果荚一熟即会爆裂，将种子四散射播，它又能无性繁殖，断枝落地即生根。它快速攻城掠地，终于被联合国宣布为有害植物。

你用不着紧张，你的凤仙花不仅没危险，还是药材、食材呢。

樱桃好吃
戴逸如《新民晚报》《今晚报》图文专栏精粹

坏眼美学

（马妞对牛博士说）

戴逸如文并图

你说海选"城雕十大丑"闪亮出台，你说被我漫不经心地忽略过去可惜了，你说我失去了一次很好的观摩机会……我真想舀盆冷水浇浇你的头，你这番话像话吗？你存心让我添堵，助我减肥？

咱小区也在出花样了，不伦不类地盖牌楼、挖沟、架桥，还莫名其妙地矗了一组雕塑。美？丑？我不加评论，反正，我看着挠心。嗬，你别装傻了，为什么你低着头匆匆走过，就不肯正眼瞅一瞅？

丑城雕、庸城雕如同雨后春笋呵。网民兄弟姊妹们议论风生，我看都有一定道理。

问我？我的意见？且不论幕后灰色链，很根本的一条是：越来越多的人从骨子里把金钱当作了评判艺术品的第一标准，捧着艺术品犹如捧着一叠会下蛋的美元。什么美，什么丑，铜钿说了算！久而久之，眼睛都坏了，只要能骗钱，丑就是美，恶俗就是优雅。

一旦雕塑家、专家和主其事者的眼睛都坏了，你就只能眼睁睁地看着丑雕塑前仆后继了，你就只能傻乎乎地巴望美雕塑侥幸漏网了。

一旦雕塑家评论家主事者心眼睛脑都好了你就等着丑雕塑前仆后继吧

樱桃好吃
戴逸如《新民晚报》《今晚报》图文专栏精粹
YING TAO HAO CHI
DAI YIRU XINMIN WANBAO JINWANBAO TUWEN ZHUANLAN JINGCUI

故作惊人

（牛博士对马妞说）

戴逸如文并图

小时候读《艺海拾贝》，看秦牧写祝寿：某人对寿公朗读了两句吉利的贺诗之后，忽然话锋急转，杀出一句"儿孙个个都成贼"来。众人听了大惊失色。此公却休停片刻后悠悠地续上一句"偷得蟠桃奉至亲"。于是满堂喝彩，皆大欢喜。

当时读了钦佩至极，叹为观止。长大以后才知道，"故作惊人"是古人的常用手法。

试举一例。景公问晏子："忠臣怎样侍奉国君？"晏子的回答竟然是："国君有难，不去跟他赴死。国君亡命，送都不送。"嘿嘿，不要说景公听了怒不可抑，你吃得消吗？国君罹难，紧跟着赴死，国君亡命，护送逃窜，这才像忠臣的样子嘛。

惊人的效果已然达成，晏子可以把景公乖乖地引向他所希望的目标了：国君能听从忠言，必不会罹难，忠臣用得着殉死吗？如果国君不听忠言而亡命，忠臣用得着去虚伪送别吗？所以，忠臣的职责是让国君从善而兴旺，不是与国君同陷绝境的。

所以说，如果不想不得善终或亡命天涯，就该好好听从忠臣的逆耳之言。身边的忠臣是谁？不用说，你懂的。

樱桃好吃
戴逸如《新民晚报》《今晚报》图文专栏精粹

YING TAO HAO CHI
DAI YIRU XINMIN WANBAO JINWANBAO TUWEN ZHUANLAN JINGCUI

认识之差异

戴逸如文并图

故事一点不冷僻，也许你早就听过。

上帝拿到两个名额，这样，就有两位天使可投胎人间。甲名额将有很多人给他钱，乙名额必须不断给别人钱。一个头脑活络的天使迅捷认领了甲名额，另一个老实巴交的只有拿乙名额的份了。结果，甲成了一个乞丐，很多人往他膝盖前的破帽里扔钱。乙则成为了大富翁，要给很多人发工资，同时要给包括乞丐在内的许多人做慈善。

你都听到了，我请了几位青年谈体会。同胞青年几乎众口一词：光有小聪明的蠢驴，活该穷。憨有憨福，吃小亏，拾了大皮夹子。

也许是巧合，青年老外的回答居然也异口同声：给予所得到的快乐，强过接受的一百倍。接受往往要付出丧失尊严的代价。

我当然郁闷，我能不郁闷吗？一边的着眼点结结实实地落在金钱上，而另一边的着眼点却明确无误地落在给予、接受和尊严上。

对同一个故事的理解和认识，落差竟如此巨大，由此可见，我们人生观、价值观普及教育的担子有多重！

安详是盾

戴逸如文并图

　　这样的陈年往事，现在听起来像说梦。而这样的陈年往事，曾经很平常，在西方很平常，在东方也很平常。它安静地活在我们渐渐疏远的纸质书里：

　　老奶奶用她勤劳的双手，用一颗平常心抚育了几代人，为社会输送了一个又一个健康的细胞。用我们今天的眼光来看，她的生活不但谈不上奢华，连富裕都沾不上边。但她的小木屋里、小院子里，一年四季洋溢着她微笑的阳光。一家人的衣裳、家具和心境一样，始终清清爽爽。她一大家子的生活，笼罩，不，蕴含着向上的善意。她的一举一动，无非是在书写"脚踏实地"四个字。她的一言一行，满怀"人在做，天在看"的虔诚。她没有我们羡慕和夸赞的强大气场，但走近她，谁都能感受到她平实的智慧，受到她的感染。

　　我想，她是守护神，安详是她的盾，抵御了暴戾。我想，她是长于血透的神医，她用安详替换了人们血液里的乖张。

樱桃好吃
戴逸如《新民晚报》《今晚报》图文专栏精粹
YING TAO HAO CHI
DAI YIRU XINMIN WANBAO JINWANBAO TUWEN ZHUANLAN JINGCUI

影响力

（▲马妞●牛博士）

戴逸如文并图

▲有,有,你坏笑了!你自己不觉得而已。

●你反复说到的"影响力",我是有异见的。你看,盛夏,突然狂风大作,滚雷隆隆,影响力可谓大矣。但,噼哩啪啦砸下几颗雨珠,在滚烫的路面上瞬息不见了。"雷声大,雨点小",很像许多人说的"影响力"呢。没多少实质性内容的"影响力",不要也罢。

还有更滑稽的:晴空霹雳,惊雷阵阵,烈日下路人皆举头望云,盼着清凉甘露。可是,被吊了半天胃口,不要说没等来淋漓快雨,连凉风都深藏不露。这种干打雷式的"影响力",实在是很不老少的呀。是不是有点欺骗感情?

所以,我对追逐大"影响力"的朋友只有一笑,却赞叹春雨的"润物细无声" —— 不显"影响力"的影响力。

绵绵春雨里,悄无声息地,壳裂芽发了,根粗须张了,花红卉绿了,菌菇撑伞了……禽畜舒筋,虫子蠕动……不仅仅动植物,连苍苍千载的摩崖老石刻,也滋润了,斑驳凿痕竟洇漫出了生命的晕迹,仿佛书圣微醺、蕉叶当纸、笔歌墨舞的情景再现。

不求震耳欲聾之聲
而影響力
而做潤物細無
夢如春雨沁
人心之不同
久也戴逸如

樱桃好吃
戴逸如《新民晚报》《今晚报》图文专栏精粹
YING TAO HAO CHI
DAI YIRU XINMIN WANBAO JINWANBAO TUWEN ZHUANLAN JINGCUI

图书在版编目(CIP)数据

樱桃好吃：戴逸如《新民晚报》《今晚报》图文专栏精粹 / 戴逸如著. — 上海：上海交通
大学出版社，2015
ISBN 978-7-313-13371-7

Ⅰ. ①樱… Ⅱ. ①戴… Ⅲ. ①中国文学–当代文学–作品综合集 Ⅳ. ①I217.2

中国版本图书馆CIP数据核字（2015）第157454号

樱桃好吃：
戴逸如《新民晚报》《今晚报》图文专栏精粹

著　　者：	戴逸如			
出版发行：	上海交通大学出版社	地　　址：	上海市番禺路951号
邮政编码：	200030	电　　话：	64071208
出 版 人：	韩建民			
印　　制：	上海中华商务联合印刷有限公司	经　　销：	全国新华书店
开　　本：	889mm×1194mm 1/20	印　　张：	10
字　　数：	99千字			
版　　次：	2015年7月第1版	印　　次：	2015年7月第1次印刷
书　　号：	ISBN 978-7-313-13371-7			
定　　价：	88.00元			